시베리아 횡단열차˚˚˚

이 책을 쓴 이다라는 사람은

화가, 일러스트레이터, 또는 비정규직 예술노동자.
82년 포항에서 태어나 청소년기 내내 호작질에 전념함.
성적 맞춰 대학가느라 엉뚱한 신학과에 입학, 덕분에
강의 시간에 몰래 그림그리며 적성을 찾게 됨.
이다의 허접질(03), 이다의 작게 걷기(15), 이다의 자연
관찰일기(23)등 총 10권의 책을 썼다.

↘ '이다의'에 엄청
집착하는데...?

처음부터 끝까지 손으로만 쓰고 그린 '내손으로'시리즈는
내 손으로 발리(14), 내 손으로 교토(16), 내 손으로 치앙
마이(17)가 있다.

앞으로 그림으로 할 수 있는 모든 것을 해보고 싶다.

이다를 찾을 수 있는 곳은

공홈 : 2daplay.net
트위터 : @ 2daplay
인스타 : @ 2da
메일 : 2daplay@gmail.com
유튜브 : 소사프로젝트 (SOSA PROJECT)

당신이 쓰는
SNS...
그곳에 이다가
있다...

내 손으로, 시베리아 횡단열차

글·그림 이다

출판사

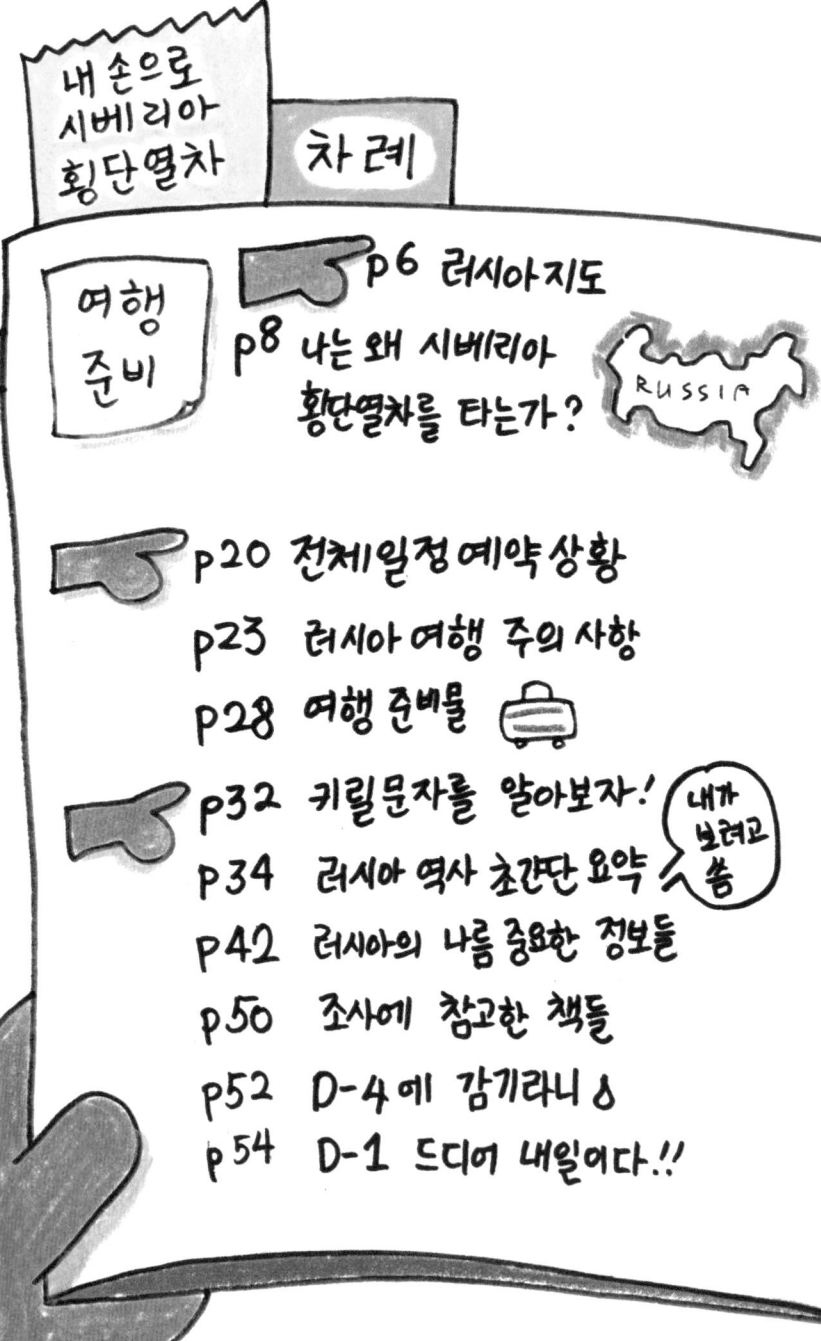

내 손으로
시베리아
횡단열차

차례

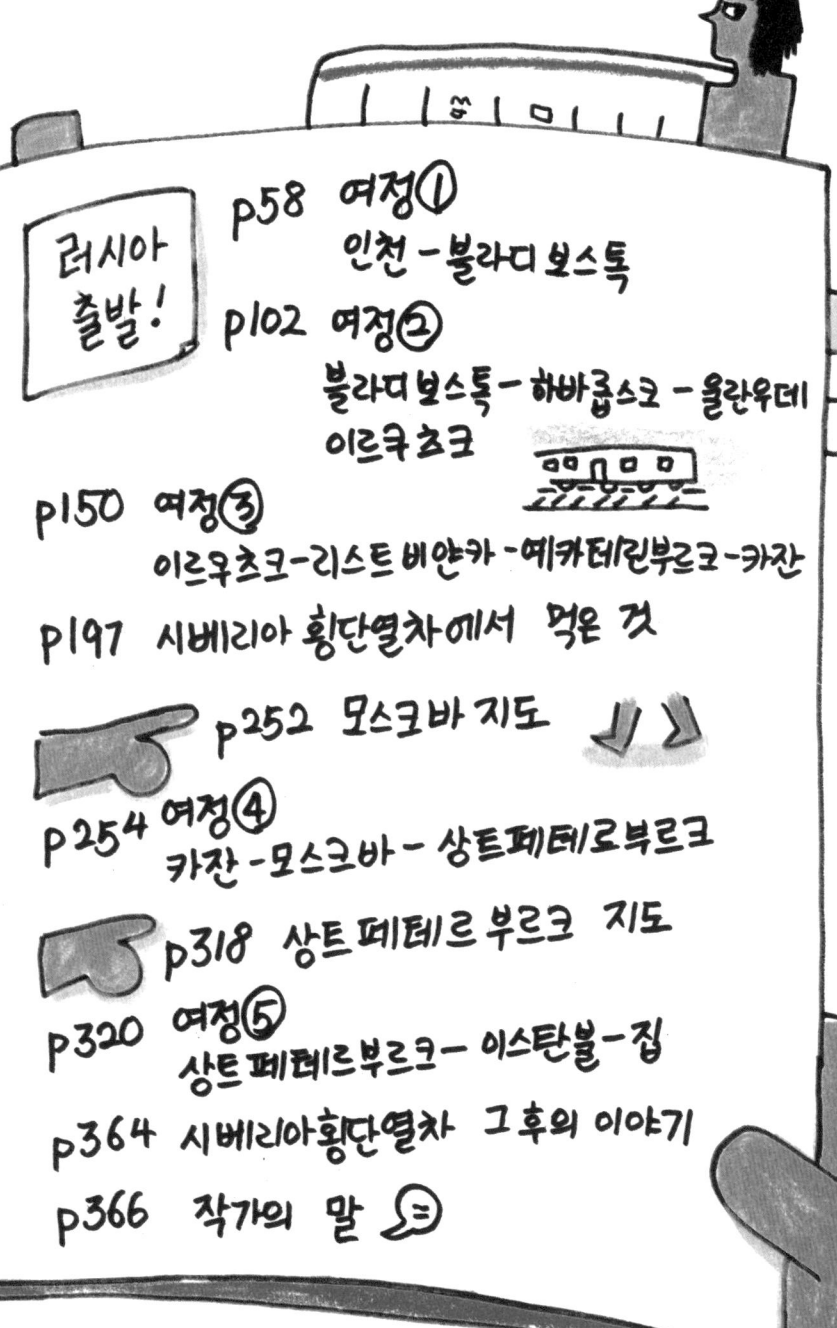

핀란드

상트-
페테르부르크

모스크바

우크
라이나

우랄
산맥

서시베리아
평원

볼
가
강

여
니
서
이

소치

예카테린
부르크

카자흐스탄

러시아지도

북 극 해

레
나
강

베르호얀스크 산맥

중앙
시베리아
고원

오호츠크
해

강

사할린

바이칼
호수

하바
롭스크

아무르강

이르쿠츠크

중국

몽골

블라디
보스톡

동해

인천

7

러시아
시베리아 횡단열차

나는 곧 러시아에 간다.
두 달 전까지만 해도 러시아에 가고싶어질 거라곤
생각해 본 적도 없다.

갈 나라가 얼마나
많은데

오스트레일리아 멜버른, 헝가리 부다페스트,
쿠바, 타이완 (심지어 얘는 가려고 인트로까지 써놨음)
이탈리아 등등 수두룩 빽작지근 하다.
이 많은 위시리스트를 제치고 평소에 관심도 없던
러시아 블라디보스톡 비행기표를 끊을지 내가
어떻게 알았겠어.

누구나 러시아를 안다. 심지어 국경도 붙어있다.(북한이지만)
하지만 관심은 없다. 러시아를 가깝거나 친근하다고
생각해본 적도 없다.

내 머릿속의
러시아

졸라 추움

무서움

탕

데낄라

이거 얼마예요
백만원

비쌀 것 같음

하여튼 뭔가 무서움 ......

↱ 20년 최애

근데 생각해보면 내가 제일 좋아하는 음악가 차이
콥스키는 러시아 사람이다. 샤갈, 칸딘스키도
러시아 사람이다. 톨스토이, 푸쉬킨, 도스토옙스키도
그렇네. t.A.T.u도 ⟨스키 돌림이 잖아?⟩
있었고.   ↖ 러시아 가수   차이콥프스키 칸딘스키
                            도스토옙스키

9

게다가 볼쇼이 발레단, 마린스키 발레단도 있잖아.
잘 하면 발레도 볼 수 있고. 예쁜 성당이나 성화도
지천에 깔렸다던데?

나는 이미 러시아를 알고 좋아하고 있던 거나
마찬가지였다. 한번 긍정적으로 생각해보자, 좋은
점이 계속 생각이 난다.

그렇게 나는 친구 모호면, 비로소와 함께 러시아
로 떠나게 된다. 사실 이 친구들 아니었으면 애당초
러시아로 갈 생각도 하지 않았을 것이다.

왜냐하면 이 모든 것이 잠싫사의 여행
적금통장에서 시작되었기 때문이다.

잠·싫·사란?

'잠을 싫어하는 사람들'의 준말로 밤에 자라는 잠은
안자고 조금이라도 더 놀아보고자 버둥대는 사람들의
모임 . 이다, 모호연, 비로소가 회원으로 있다.

이들은 잠을 자야할수록 자지않고
밤이 될수록 정신이 또록해진다. 또한 졸려도 자지
않고 논다. 하지만 아침에는 잠·사·사로 바뀐다.
                                    잠을 사랑하는 사람들
이들은 자신들을 일컬어 '초딩클럽'이라고도 부른다.

잠싫사는 1년 6개월 전부터 한달에 각 2만원씩
소박한 적금을 부었다.

한 20만원 모이면
가볍게 1박 2일
갔다오세

소소히 국내여행이나
갔다오려던 계획은

난 이번 여름
아무데도 못간다

여행시기를 놓치며
계속 밀리기 시작했고, 올해 초 100만원에 육박
하게 된다.

우리 외국가도 되겠는데?

그래서 잠싫사는 모인 돈에 걸맞은 여행지를 고르
게 되는데...

예산 100만원, 3월 출발

홍콩 어때?

홍콩 비싸

오키나와 어머니

오키나와 차 있어야 돼

방콕은?

그때 우기

대만 어때

대만은 나중에 각잡고 가고 싶어

간단여행ㄴㄴ

12

제안내는 족족 서로가 서로에게 팽을 당하고..
억지로 고르지말고 차라리 더 모아서 먼 곳을 가자,
아니면 제주도를 가자. 국내에서 몇번가자 옥신
각신 하는 동안

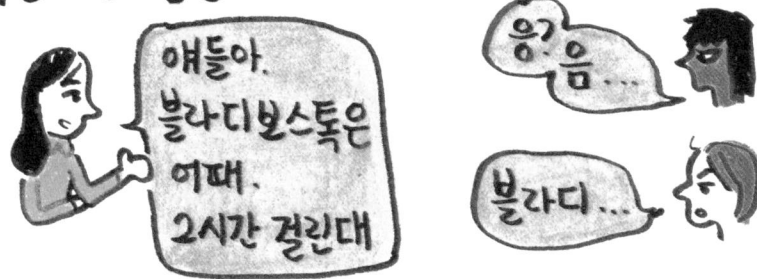

비로소가 처음으로 블라디보스톡을 후보로 올렸다.
처음에는 시큰둥하던 나와 모두 검색을 해보며
점점 마음이 생기고…

만장일치로 블라디보스톡으로 결정되었다.
그 후 일사천리로 항공과 숙소정보를 알아보는 중

블라디보스톡이
예사
장소가
아님을
알았다.

괜히 갖고있는 여행로망

어디서 본건 있어가지고

① 시베리아 횡단열차 타기

② 스페인 산티아고 순례길 가기

③ 인도 바라나시 화장터가기

④ 앙코르와트에서 앉아있기

14

이런 괜히 나도 하면 멋있을 것 같은 그런 것 아닌가..!

하고싶다
타고싶다가고싶다두근두근 흐아아아앗.....

비로소와 헤어지고나서 나는 블라디보스톡에서 모스크바까지 기차를 타고가면 어떨까? 거기서 한국돌아오면 되지 않나? 하는 생각이 스물스을 커져가고....

상트페테르부르크의 에르미타주 미술관을 안 순간 엄청난 충격과 더불어 죽어도 여기를 가야겠다는 지경에 이르렀다.

에르미타주 소장품 작가들~
다빈치, 라파엘로, 피카소, 고흐, 고갱
로렌초, 미켈란젤로, 티치아노, 카라바조,
렘브란트, 고야, 모네, 르누아르, 세잔, 마티스,
루벤스, 등등등 ~~~

말도

안돼 미친!!

같은 비정규직 예술노동자 모에게 가지 않겠냐고 물어봤더니 "비쌀것 같아" 하며 철벽을 쳤다. " 7박 8일 기차타고 숙박도 하는데 30만원대면 괜찮지 않아?" 하자 솔깃해하기 시작했다.

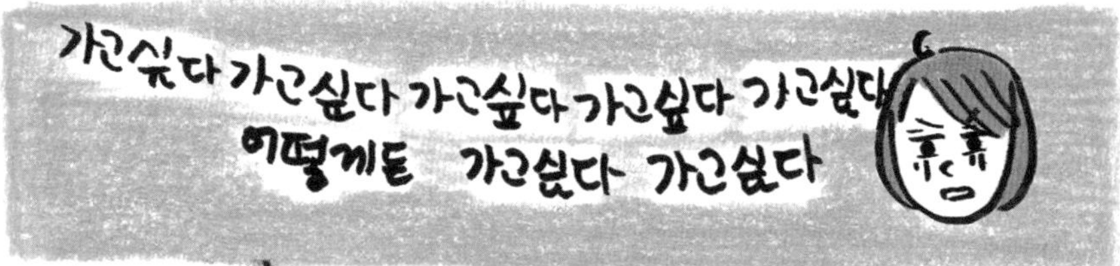

가고싶다 가고싶다 가고싶다 가고싶다 가고싶다
어떻게든 가고싶다 가고싶다

시베리아 횡단열차 타자는데 그 누가 어떻게 거부해.

결국 모두 앞뒤재지 않고 여행에 동참하기로 결정.

가자!! 가자!!

그렇게 블라디보스톡 여행계획을 잡은지 하루만에
일은 급속도로 커져버린 것이다.

시베리아
횡단 열차

인천에서 출발해 블라디보스톡에서
상트페테르부르크까지

기차 탑승시간만 무려
154시간 (6일)

상트
페테르
부르크

기차로
8시간

모스크바

기차로 2일 9시간

하바롭스크

1시간 기차

여카테린
부르크

기차로 2일

가
:
능?

기차로
1일 3시간

이르크츠크

원가 엄청난
일을 저지른
듯...

블라디
보스톡

비행기
2시간

인천

출발시기 3월. 러시아는 그때도 한창 겨울이라고 한다. 한국 슬슬 봄오는 타이밍에 겨울을 찾아 러시아로 가는가... 잘하는 짓인가 이게

게다가 기차 4.5시간만 타도 지겨운데 이틀, 사흘씩 기차를 탄다는게 상상만 해도 허리가 쑤신다. 정보들 찾아보면 찾아볼수록 '화장실 더럽다', '심심해서 제정신 아니었음', '못씻어 인간의 몰골아님' 같은 소리만 귀에 들어왔다.

근데도 너무 가고싶다. 고생길 오픈하는 여행인걸 알면서도 가고싶은 마음이 누그러들진 않는다. 아니, 더욱 설렌다. 가고싶다. 아아악!! 가고 싶어 !!!!

2월 결정, 3월 출발.
꼴랑 1달 남았다.

비행기예약, 숙소예약,
기차예약, 러시아어 공부, 여행루트 짜기, 갓길 옷 챙기기,
러시아 역사공부, 러시아어 공부, 청탁 작업 완료하기, 정원 추리기,
여행가기전에 신발사기, 배냉싸기, 가이드북 읽기, 엽서,
지도 다운받기, 환전, 짐싸기, 엽서,
공연 예매 등등.... 할일 태산이다-

으아
ㅇ ㅇ ㅇ ㅇ ㅇ

(득근)

17

자자. 이제 시작이다. 제일 급한 항공, 기차표부터 끊어야 한다. 특히 기차는 출발일이 다가올수록 가격이 오르기 때문에 미리미리 끊는게 이득이라고.

🚩**항공** 요즘 블라디보스톡으로 가는 항공편이 늘어났다고 한다. 우린 제일 싼 시베리아항공을 타기로함. (S7) 국내항공사들은 북한을 돌아서 블라디보스톡을 가지만 S7은 북한상공을 지나 직선거리로 간다!!

프로모션 가격이라 왕복 22만원. 하지만 저가항공사는 아니라 밥도 주고 좌석도 큰 편이라고 한다. 비로소는 왕복표 끊고 나와 모는 편도만 끊었다. (18만원 ♩)

📋**기차** 시베리아 횡단열차는 블라디보스톡에서 모스크바까지 87개 도시를 지난다. 그래서 중간중간 기차에서 내려 관광을 할 수 있다. 모스크바행

표1장을 꿈에 내렸다 하루 자고 다시 타고 이럴 수는 없다. 이르쿠츠크에 내리려면 블라디→이르쿠츠크 표를 끊고, 다시 이르쿠츠크 → 타도시 표를 끊어야한다. 그래서 중간에 들리는 도시마다 다 표를 따로 끊는 것임. 일이크다

표 예약은 www.rzd.ru 에서 한다. 친절한 네티즌들이 이미 상세한 설명을 블로그에 다 올려놔서 그거 보고 하면 된다. 블라디에서 모스크바까지 가는 것은 7일이 걸리기 때문에 이틀에 한번 꼴로 내려서 자기로 했다.

숙박 이번 여행 진짜 끝없는 예약의 연속 ㅋㅋㅋㅋ 그래도 숙박이 써서 끝을 맛 난다. 개별목실·화장실 있는 2인 방도 3만원 정도면 묵을 수 있다. 부킹닷컴과 에어비앤비를 적절히 활용해 숙소들을 구했다. 러시아 사람들 어찌나 꼼꼼한지 전부 숙소후기를 논문같이 써놨다 ㅋㅋㅋ 정말 작은 단점도 놓치지 않고 써놔서 큰 도움되네. 다른 도시에선 1,2박만 하고, 모스크바와 상트페테르부르크에서는 5일 정도 머무른다.

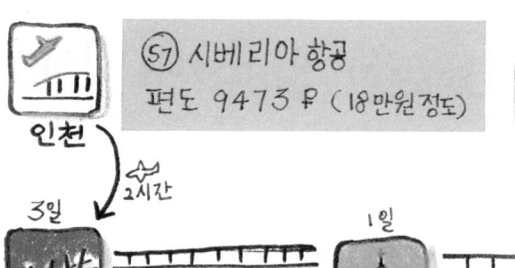

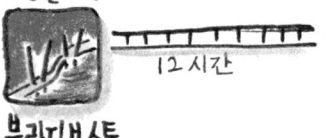 Ⓢ7 시베리아 항공
편도 9473 ₽ (18만원 정도)

인천

 나는 블라디-
인천 왕복표
22만원

3일
✈ 2시간

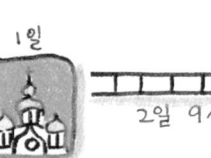

블라디보스톡
ㅜㅜㅜㅜ 12시간

1일
하바롭스크
ㅜㅜㅜ 2일 9시간

2일
이르크추크
ㅜㅜㅜ 2일

🏠 ВИКТОРИЯ
의 아파트

비코소, 모와 셋이 묵을거라
큰곳 예약. 침실 2개.
침대 2개, 소파베드 2개
있음. 중심지인 아르바트
거리까지 걸어서도 갈수
있음. 전망도 너무 좋고
집전체 빌리는 건데
1일 8만원대. (airbnb)
러시아 숙소들 진짜 싸다삐

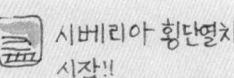 시베리아 횡단열차
시작!!

하바롭스크까지는 가까워
(12시간..) 007 열차를
타고 감. 3등석 예약.
₽ 1419 루블 → 2만 8천원
정도

🏠 BARRAKUDA 호스텔
(БАРРАКУДА)

중심지 가까이 있는 바라쿠다
호스텔. 부킹닷컴에서 후기가
많아 계약함. 트윈룸 +
개별욕실, 화장실. 한화로
35000원 정도.

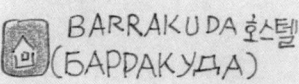 시베리아 횡단열차

최신식이라는 001열차,
3등석 위, 아래도 예약
ㅣ2층ㅣ 1인당 4509 루블
ㅣ1층ㅣ (8만 7천원 정도)

🏠 TAMARA's
HOMESTAY

역 근처에 있는 민박집.
텃밭에서 나온 재료로
아침도 해주신다고.
두근두근. (airbnb)
이틀숙박, 총 $75

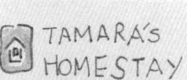 시베리아 횡단열차

예카테린부르크까지
무려 이틀. 001 열차
3등석 위, 아래 좌석
예약. 1인당 6695
(12만 8천원 정도)

🚌 리스트비앙카
다녀올예정 (버스)

20

전체일정 예약상황

완전 예약잔치 아냐...

난재밌음

1일   5일   7일

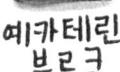   1일 3시간   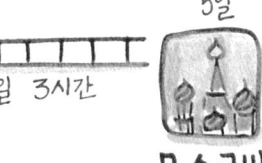   8시간   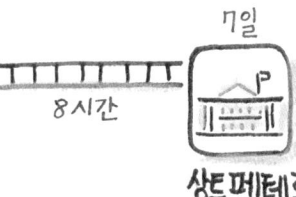

예카테린부르크   모스크바   상트페테르부르크

APRTMENT SOFT ON SVERDLOVA

부킹닷컴에서 예약.
개별욕실과 개별부엌이
있고 집한채 빌리는것
같은 시스템. 근처에 마트
도 있음. 러시아숙소를 대변
위치 좋은 곳에 잡았음.
1박 35500원

시베리아 횡단열차

001열차 3등석 위아래.
1인 3809 루블
(7만 3천원 정도)

OLGA의 아파트

에어비앤비에서 예약.
주인이 작업실로 이동하는
집처럼 보임. 중심지에 있음.
크렘린, 볼쇼이 극장등 걸어서
갈수있음. 5일 숙박 $306.
집전체, 부엌있음. (싸다..)

붉은 화살 열차

우아아아 ㅠㅠ 소련시절 간부
들만 타던 클래식 기차.
기차안 완전 고풍스럽고 아름
다움. 1등석 2인실 타고간
다네!!! 눈물이 앞을 가리네.
1인 3998 (7만원 대)
8시간 밖에(?) 안탐. 아쉽...

Полина의 아파트

폰타나 강변의 큰 아파트.
인테리어 진짜 고급지고
방도 큼!! 상트가 오히려
숙소가 좋고 많고 신듯.
5일 숙박 277.72 달러

 발레 볼 예정♡ 지젤
미하일로프스키 극장

이번 여행은 한번의 여행이지만 1, 2, 3 시즌으로 구분될 것 같다

시즌 1
잠실사 블라디보스톡
3박 4일

시즌 2
시베리아
횡단열차
10일

시즌 3
도시 여행 12일
(모스크바, 상트페테르부르크)

이때까지 한곳에 죽치고 머무르는 여행을 주로 했기에 이렇게 끝없이 이동하는 여행에 과연 적응을 할수 있을지 모르겠다. 게다가 졸라 춥겠지... 짐도 무겁겠지.. 설레는 감정과 터블어 두려움이 계속 생긴다. 쫄보됨

게다가 책에서 러시아 치안 괜찮다는 얘기를 보고 안심하고 있었는데. 주변사람들의 반응이 심상치 않다.

왜 하필 러시아고. 안갔음 좋겠네
mom

거기 대도시에 인종차별자 많다던데...

이다닝 역시 용감하시네요

어...... 음.... 어... ♪♪

아무생각 없었음

러시아 상트가 제일 위험
린치조심
밤에 절대 나가지 말것

22

하하하...... 벌써 비행기, 가차, 숙박 다 끊겼다고 ㅠㅠ
이걸 왜 이제 알게 된 것이냐. 안그래도 쫄보 모드인데.
알았다고 안갔을 거 같진 않다만..
그래도 이제까지 사람들이 많이 갔다온 곳이고, 올해
월드컵도 개최되니 치안에 특히 신경을 더 쓸것이라고
믿어보자. 안믿음 어쩔거야.

그리고 또 중요한 것이 [뭘 입고가느냐] 하는 것. 3월에 한국에서는 슬슬 패딩을 벗는 날씨지만 러시아는 4월까지 겨울이라고 한다. 그런데 또 실내는 우리나라보다 더 따뜻해서 옷을 겹겹이 입는게 좋다고 들었다. 그래서 두껍고 큰 잠바안에 경량패딩을 입고가서 실내나 날씨 따숩은 날엔 경량패딩을 입으려고 로고 붙은 잠바까지

맞췄다. ㅋㅋㅋ

직접 쓴 캘리 →

카악 예쁘다~

앞

SOSA

뒤

SOSA PROJECT

애당초 나의 계획

실외
↓
큼지막한 점퍼안에 4~5겹 껴입기

실내 or 4월 초 or 기차 안
↙

후리스나 경량패딩 안에 맨투맨이나 남방

그런데...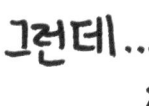

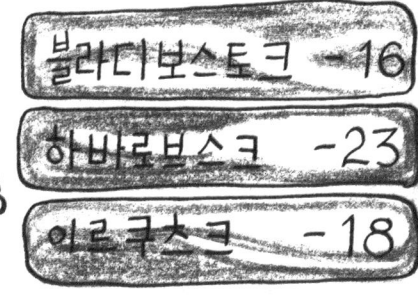

블라디보스토크 -16
하바롭스크 -23
이르쿠츠크 -18

출발 → 일주일 전 날씨 (3월 초)

파숩은 날이 있기는 커녕 러시아는 혹한 야 혹한.

로고까지 넣은 점퍼는 영하 5℃에도 추위를 참기가 힘들어서 아무래도 겨울패딩을 입고 가야하게 생겼다. 게다가 러시아는 카페, 레스토랑, 미술관 등 실내공간에서는 무조건 외투보관소에 외투를 맡겨야한다고 한다. 맡기기 싫다고 안맡기고 그런거 없고 안맡기면 입장 자체가 어려운 모양. 한국에는 없는 문화라 신기하네. 하여튼 그러면 일단 속에도 적당하게 예쁘게 입어야겠는데? 안보인다고 대충 입긴 좀 그렇군.

내 오스트리아에서 공연볼때도 안 맡기면 못들어간다고 무조건 맡기라 그랬다. 외투 뺏겨가 덜덜 떨면서 봤데이

이다모친

25

그래서 차라리 한국서 겨울에 입던 롱패딩을 입고, 그 안에는 예쁜옷 입기로 했다. 롱패딩 산지 1년도 안되서 아끼려고 했는데 안되겠네.

신발 도 문제다. 따뜻하고, 방수도 돼야 한다. 패딩 안에는 예쁜옷 입으려고 생각

> 우리 가는 계절이 한창 눈녹을때라 진창 장난 아니래.
> 방수되는 신발 신어야 한대

했는데 조화는 또 어쩔 것인가. 심지어 걷기도 편해야 한다.

'방한부츠'로 검색해 수백개의

> 편하고 따습고 방수되고 예쁜 신발.. 이거 뭐 '싸고 남향의 새집'이런 소리..

신발 중 5만원 아래의 신발 수십개를 보고 겨우 락피쉬의

방한부츠를 주문했다. 3~4년 전에 유행했던 것 같고 가격은 2만 5천원♪ 원피스에 입으면 정말 언벨런스 하겠지만 어쩌겠냐. 여행인데 ㅠㅠ

> 러시아 여자들은 한겨울에도 힐을 신는다. 〉책
> 러시아 사람들은 차려입길 좋아한다 〉용

그외에도 기모레깅스, 내복, 핫팩 등등 방한용품들을 잔뜩 챙겼다.

락피쉬 위니

그림도구 는 저번과 똑같이 달러 8로니 에보니 A5 스케치북, 수채화 재료, 펜텔 트라디오 펜, 4B연필 등등과 프리즈마 컬러 유성색연필 42자루를 챙겼다. 이번에 짐을 줄이기위해 색연필 하나하나 다 써보며 러시아 느낌을 고려해 42색까지 줄였다. (원래 180색 이상 있음) 그림도구는 많이 챙기면 안쓰고 그렇다고 적게 챙기면 모자라니 알수가 없다. 변덕스러운 예술가자아 님께서 어쩌실지 내가 어떻게 알리오.

기차에서 쓸 물건들 도 중요하다. 화장실이 제일 걱정이라 휴지, 코인티슈, 변기커버를 대량으로 챙겼다. 러시아 사람들 중 상당수가 변기위에 올라가 용변을 본다고 한다! 게다가 기차에 비치된 휴지가 거의 종이에 가깝다고 하니 휴지도 꼭 필요할 듯 하다.

변기에 빠질까 무섭지도 않나 . . .

27

나는 무엇을 가지고 가는가

귀이개

눈썹칼

이번엔 이동이 많기 때문에 적게.. 무조건 적게

안경 + 안경닦이

대한민국 여권

항공권 바우쳐

각종 예약상황 프린트. 하도 많아 파일로 챙김

휴대폰/충전기

보조배터리 (큰거)

USB에 꽂는 조명

아이패드 + 애플펜슬 + 충전기

가이드북, 놀거리, 자료, 지도 등등 챙길것

멀티탭

1회용렌즈 20개

압축물티슈

손수건 큰거 3장

유탄보

비데)전용 물티슈 → 횡단열차 필수품

티슈

여행용 빨랫줄

1회용 눈물 30개

빨래 집게

안대 (아직못삼)

일회용 마스크 (쟈)

귀마개

철사옷걸이

거울

바지걸이

우산 작은거

옥비

고무줄 (쟈) 머리집게

접을수 있는 빗

고데기 (고민중)

손톱 깎이

28

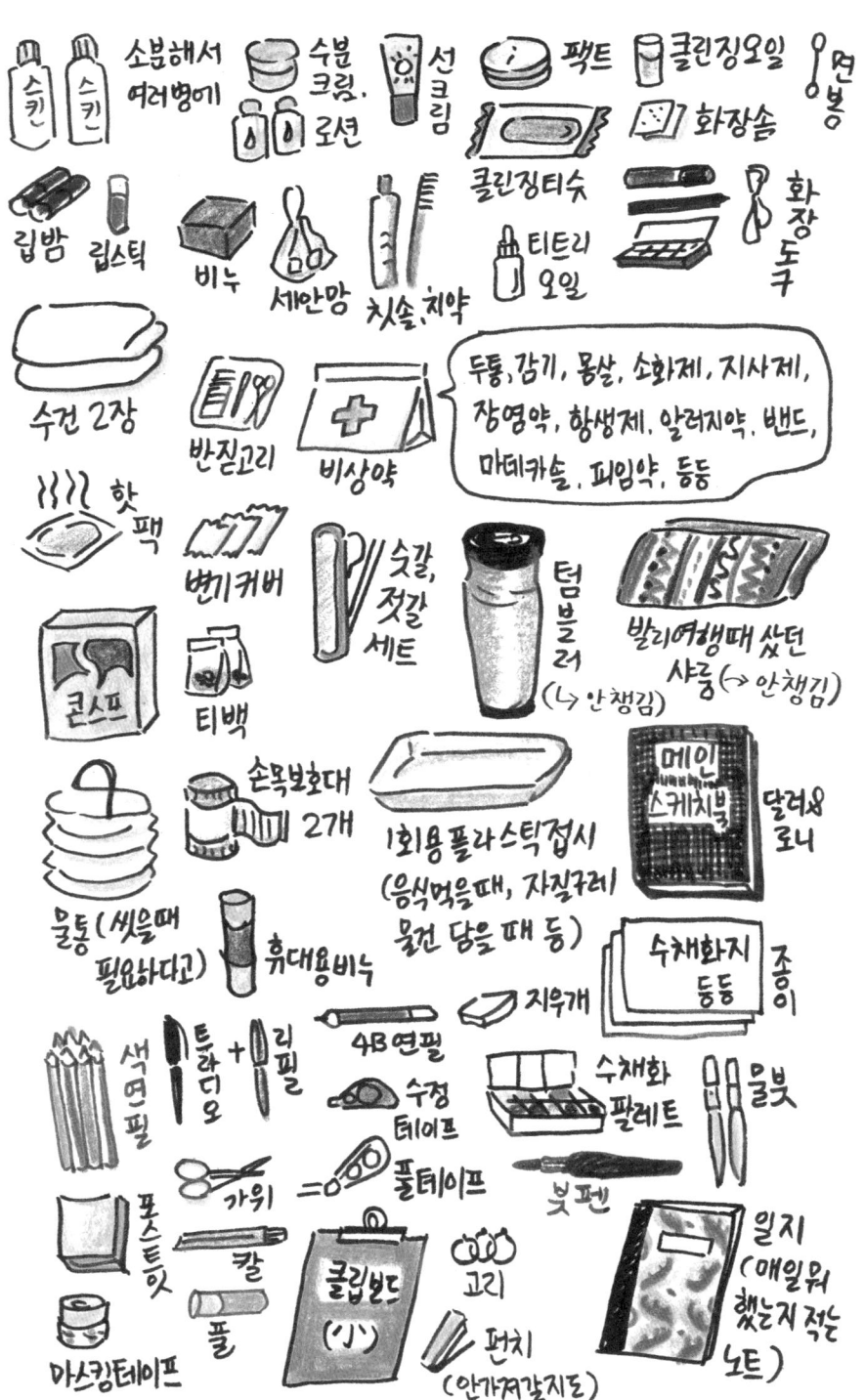

스킨 스킨 소분해서 여러병에

수분크림, 로션

선크림

팩트

클린징오일

면봉

화장솜

클린징티슈

립밤 립스틱

비누

세안망

치솔.치약

티트리오일

화장도구

수건 2장

반짇고리

비상약

두통, 감기, 몸살, 소화제, 지사제, 장염약, 항생제, 알러지약, 밴드, 마데카솔, 피임약, 등등

핫팩

변기커버

숫갈, 젓갈 세트

텀블러 (→안챙김)

발리여행때 샀던 샤룽 (→안챙김)

콘스프

티백

손목보호대 2개

1회용 플라스틱접시 (음식먹을때, 자질구레 물건 담을 때 등)

메인 스케치북

달려&로니

물통(씻을때 필요하다고)

휴대용비누

수채화지 등등

종이

색연필

틀라디오 + 리필

4B연필

지우개

수정테이프

풀테이프

수채화 팔레트

물붓

포스트잇

가위

칼

풀

클립보드 (小)

고리

붓펜

펀치 (안가져갈지도)

일지 (매일뭐 했는지 적는 노트)

마스킹테이프

T북리더
크레마
카르타

T북

이야기
러시아사

김경묵

아직
안봄

위쳐
게임
원작
소설

(폴란드 환타지소설)

D북

죄와 벌

도스토예프스키

전자도서관
에서 빌려서
보고 있는데
열릴때보다
훨씬 재밌음!

T북

공산당선언

칼마르크스

"노동자들에게는
조국이 없다.
그들이 갖고있지않은 것을
그들에게서 빼앗을
수는 없다"

좋군..

아이폰
SE

MP3

Giselle~

→ 지절공연
예약함
미리
음악도
들어야지

MP3

1812
TCHAIKOVSKI

1812년 서곡

차이코프스키
Swan Lake

차이코프스키
영원한
최애 ♡

12:00

아이패드

은하철도999

왠지
챙기고
싶군...

BIKLONZ
바이클론즈

바이클론즈

로봇 애니
제작사에서
만든 또 하나의 로봇 애니.
어른 애니라고해도 믿길정도
로 풍자와 해학이 넘침♪

30

기차에서 보낼 154시간.. 난 무얼 하는가....

자기

ㅋㅋㅋㅋㅋ

나 자고 싶을때 내맘대로 자기♪

먹기

러시아인들의 주식중 하나라는 팔도 도시락

삶이란..

시베리아 풍경 보기

홍차마시기

.....사....교..?

지난 치앙마이 이후로 나는 사교인간이 아님을 인정하고 여행지에서의 사교에 신경쓰지 않기로 함. 그런데 또 혹시나하는 마음에 선물로 줄 엽서랑 스티커챙김. 사교란 뭘까.. 흐흑....

또 아무한테도 못줄듯 ㅠㅠ

수북히 챙긴 한국엽서랑 스티커

러시아 미술사

책 보기

ㅋ...

음악 듣기 (차이코프스키)

멍 때리기

31

키릴문자

Алфаɐ[

А а 아 [ㅏ]

Б б 베 [B]

В в 붸 [ㅂ] [v] 필기체 Вb

Г г [ㄱ] [g] 게
ㄱ-ㄱ-ㄱ-ㄱ 목안에서부터 나오는 소리
Гг 지렁이

Е е 예 [ㅖ]

Ё ё 요 [ㅛ]

Ж ж 줴 [ㅈ] [zh]

З з 이것은 숫자3이 아니다!! 제 [ㅈ] [z]

И и 이 [i]

Й й 이끄랏꼬에 [i]
차이를 내가 설명할 수가 없네.

К к 까 [ㄲ]

Л л 엘 [ㄹ]
뭐.. 뭐야 왜 뒤집혀 있어!!

32

33

> 내가 볼려고 정리하는 러시아 초간단 역사요약

간단.. 과연...?

기원
'러시아'라는 말은 '루시'에서 옴. 루시 강가에 살았던 루시부족을 칭하던 말임. 러시아 사람들의 조상은 동슬라브 민족임. 8세기 이전엔 딱히 하나의 국가로 통합되지 않았음.

류리크 왕조
러시아의 기원에 대해선 여러 말이 많음. 러시아의 삼국유사〈원초연대기〉에 보면 발트해 근처에 살던 동슬라브인들이 바이킹들 8세기 에게 우리를 좀 통치해달라고 초청한 게 류리크 왕조라고 함. (야사이기는 함)

근데 책마다 말이 달라서 뭐가 맞는지는 …

키예프 공국
여튼 9세기에 올레그 공이 루시부족 및 동슬라브 인들을 통합해 최초의 국가인 키예프공국이 탄생함. (우크라이나의 그 키이우 맞음!) 키예프공국은 블라디미르 대공 시절 비잔틴 정교를 국교로 받아들임. 그 전까지 동슬라브인들은 다소 원시적인 토템신앙이었음. 그래서 주변나라들이 "쟤네 야만인이잖아" 막 그러는게 싫었나봄.

키예프 공국

그래서 블라디미르 대공은 "우리도 정식종교 하나 정하자고" 하면서 주변국가들이 뭘 믿나 조사단을 보냈다고 함. 이슬람교는 부인 여러명 둘수 있는 건 맘에 드는데 술을 못 마시게 해서 안 되고, 유대교는 지들 땅도 없는 놈들이라 맘에 안 들었다고 함. 그러다 비잔틴 제국 수도 콘스탄티노플(현 이스탄불)의 성소피아 성당에 가서 비잔틴 정교 예배에 참여한 후 (오오... 아름다워...) 비잔틴정교를 국교로 선택했다고 함.

이건 근데 야사임

야사에 페이지를 이리 많이 : 근데는 또 왜케 크게 써진거

타타르 지배 시절

13세기에 키예프공국은 블라디미르 공국, 모스크바 공국, 노브고로드 공국으로 갈라지게 됨. 나라가 갈라지고나니 타타르 유목민까지 쳐들어와 우려 200년간 지배당함. (직접 통치한 건 아니고, 공국을 통해 간접지배하고 세금 엄청 뜯어갔음)

러시아가 지형이 평탄해서 침입이 쉽다고 함

모스크바 공국

15세기에 드디어 타타르인들을 몰아내고 모스크바공국이 독립함. 다른 작은 공국들도 모스크바 공국에 통합됨. 이때 이반 3세가 처음 '러시아'라는 이름을 짓고 스스로 '차르'라고 칭함. 즉! 러시아탄생

feat 류리크 왕조

35

러시아
차르국

16세기 차르 이반 4세 (이반뇌제)는 폭군으로
유명함. 중앙집권을 시행하고 영토를 크게 넓힌
업적이 있으나 부인이 죽은 후 난폭해짐.

공민왕인즐... 그러다 임신한 며느리 때려서 유산
시키고, 후계자인 아들까지 때려죽임.

공민왕님, 비교해서 결국 후계도 없이 지도 사망함.
죄송한다...

이후 가짜 후계자들 등장하고 난리남.

◆ 결국 전국민이 모인 국민의회에서 16세 소년 미하엘,
로마노프(이반 4세의 처가)가 새차르로 선출되며
로마노프 왕조 오픈됨.

아니, 이때 그냥
민주주의 될 수 있었던거
아니야? (아님)

현대인의
짧은 시각

← 러시아에서
차르는 절대적인

권력을 갖고있던 존재. 러시아정교의 수장이기도
했음. (정교분리 그런거 없다...) 전통적으로 러시아 백성들은
차르를 아버지 같이 따르고 사랑함. 차르는 공평한데 신하들이
섞여서 나라가 이모양이라고 굳게 믿었다고 함. 이런 차르
신화가 이어져 스탈린, 푸틴 등의 독재자를 용인했다고 보는
시각도 있음!

러시아
제국

17세기 말, 혼란을 끝내고 우리가 아는 러시아제국을
만든 사람이 표트르 대제임. (러시아사람들이 제일
존경하는 인물) 표트르대제는 유럽의 앞선 문물을

배우기 위해 사절단을 파견했는데 자기도 신분을
감추고 같이 갔다고 함. 세종같이 손재주도 좋고 관심사도
다양해서 직접 배를 만들고 대포 쏘는 법도 배움. 유럽
에서 돌아와서는 유럽식 학교를 만들고 기술, 문화, 에티켓,
복장을 도입함. (이때 다들 강제로 수염 잘림)

◆ 표토르는 러시아 영토 서쪽 끝, 유럽과 가까운 하구에
   상트페테르부르크를 만들고 천도했음.

   (공사현장을 지휘하며 7년 간 살았던 오두막이 아직
   있다는데, 상트페테르부르크 가면 꼭 가봐야지.)

   ↑ 상트페테르부르크로 러시아는 강대국이 될 수 있었지만 건설 중에
   엄청나게 많은 백성이 강제노동으로 죽음. (러시아 황제 공통: 백성 괴롭힘)

   [18세기] 예카테리나 2세가 무능한 차르였던 남편 표토르
3세를 폐위시키고 새 차르로 등극함! 예카테리나 2세는
영토를 넓히고 행정과 법률을 개선함. 에르미타주 미술관
을 만들고 많은 미술품도 수집함. 한편 농노제가 강화되어
농민들은 토지소유주 허락없이는 이사도 못 다니게 됨.
나라와 귀족들은 부강해졌지만 백성들은 살기 힘들었음.

   (우린... 그냥 계속 살기 힘들다..) ← 러시아
                                       백성들

1812년 < 갑자기 나폴레옹이 러시아에 쳐들어옴! 근데 의외로(?)

↗
알렉산더
1세 시절

러시아가 이김. 나폴레옹이 60만 끌고 왔는데 다 죽고
5만만 집에 갔다고 함. 그 유명한 1812년 서곡은 이를
기념해 차이콥스키가 작곡한 것. 톨스토이의 '전쟁과
평화'도 이 전쟁이 주제임. 이때가 여러 모로 러시아
잘 나가던 시기임. BUT 전쟁과 농노제로 백성들은
죽을 맛... 곳곳에서 농민의 난이 일어남. 젊은 귀족들도
왕정제에 불만을 품고 (나폴레옹 영향도 있겠지?)
반란을 일으킴! 모두 실패로 끝났지만 혁명의 불 시작됨.

1853년 < 그러던 중 러시아는 쌩뚱맞게 오스만제국을 침략함.

(이게 바로 크림 전쟁) 헛바람 든 러시아..

러시아는 대패했고 당시 차르인 니콜라이 2세는
충격 받아 자살함. 이런 ✕혼란✕한 사회분위기
속에서 젊은 지식인들이 성장함. 이들은 모스크바
대학을 중심으로 활동하며 나라를 바꿀 길을 고민함.

유럽을 따라하자! / 러시아 방식은 따로 있다! / 차르를 죽여라! 공화정 하자! / 그건 오바다!!

1861년 이후 즉위한 알렉산더 2세는 드디어 농노제를
폐지했고 4천만명의 농노가 자유를 얻음. 근데
농민들은 토지상환금을 갚느라 더 가난해짐. 지식인들은
점점 급진적으로 변했고, 결국 알렉산더 2세 살해당함!

극심한 사회혼란! 여튼 알렉산더 2세는 러시아영토를 크게 넓힌
공은 있음 (이때 블라디보스톡이 러시아가 됨)

◆ 차르가 암살당하는 걸 본 후대 차르들은 혁명에 치를
떨게 됨 ... 수많은 사상가를 투옥했으나 시대를 뒤로
돌릴 순 없다 ... 극심한 사회혼란 속에서도 문화발전은
절정에 이름! 그 유명한 푸시킨, 톨스토이, 도스토옙스키,
막심고리키 다 한번에 나타남.

1898년 드디어 러시아 사회민주노동당 결성됨. **아니, 벌써?**
레닌 ☆ 등장! 러시아 사회민주노동당은 몇년 후
멘셰비키와 볼셰비키로 분열됨

사회주의 혁명 하려면
자본주의 시기가 왔어야함!
시간 갖고 온건하게 가자!

↳ 레닌☆
그럴 시간 없다!!
극장들아! 바로 혁명이닷!!!

◆ 러시아 마지막 황제 니콜라이 2세는 혁명의 불을 끄려고
온갖 힘을 다함. 민중봉기를 탄압하려고 특공대 만들고
사람 막 죽여도 용인함. 그 와중에 일하는 재주도 없음.

39

선택하는 것마다 하나하나 다 실패하는 니콜라이 2세...

자라나라, 혁명혁명!

심지어 1904년엔 일본이 쳐들어오고, 모든 전력을 다했지만 졌음!

1905년〉 그리고, 그 사건이 드디어 일어남.

1905년 1월 22일 피의 일요일!

농노제가 폐지된 후 많은 농민들이 도시 노동자가 됨. 근데 이때 노동법도 없고 노동자들은 자본가들의 착취에 엄청나게 시달림. 수만명의 노동자들은 니콜라이 2세에게 호소하기 위해 이콘과 황제의 초상화를 들고 황궁으로 행진함.

우릴 도와줄 건 차르 뿐이야!

도와줘! 차르!

근데 차르가 거기에 총을 쏨!! 그래서 무려 천여명이 죽음. 이 일로 차르 신화는 깨지고, 드디어 인민들은 차르와 왕정제가 문제라는 것을 알게 됨.

↗ 회피?

1914년〉 하다하다 또 전쟁까지... 니콜라이 2세는 군대를 직접 지휘한답시고 러시아를 떠나있었음. 그 와중에 라스푸틴이라는 사기꾼 신부가 황후의 마음을 사로잡고 온갖 전횡을 일삼음. 죽어나는 인민들...

부글

혁명 재료들

↗ 부글

독재자, 간신 핍박과 착취, 빈부격차 전쟁, 지식인

혁명 냄비

다 익어가는군

40

1917년 결국 1917년, 혁명이 일어남. 수많은 노동자와 여성들이 거리로 쏟아져 나와 **아이들이 굶고있다! 빵을 달라!** 외침. 니콜라이 2세 이놈은 또 시위대에 발포하라고 함. 하지만 군대는 응하지 않고 혁명으로 돌아섬. 무장한 노동자들이 궁궐로 쳐들어가 황제의 깃발을 내리고 붉은 깃발을 올리는 것으로 혁명 성공!! (즉) **러시아제국 종말**

소비에트 & 임시정부 시기 이후 볼셰비키가 집권에 성공하고 마지막 차르와 가족들이 예카테린부르크에서 몰살당하는 것으로 제정러시아 완전히 막내림. 토지는 국유화되었고 기업도 모두 나라 것이 됨. 신분제는 **없어졌고**, 귀족과 자본가들의 재산도 모두 몰수됨. **사회주의 오픈!**

1922년

소비에트 연방 1922년 12월 드디어 소비에트 연방 성립! 소련은 러시아민족을 비롯 100여개 민족이 통합된 연방이었음. 아.. 이후도 너무 긴데 페이지가 없다...

이렇게 간단히 할거 아닌데...

레닌 죽음 → 스탈린독재 & 경제개발 & 숙청 → 2차대전 → 스탈린암살 → 한국전쟁이후 냉전시대 → 80년대 고르바쵸프 취임 후 개혁정책, 사유재산 허용 → 소련클럽 에서 탈퇴하는 나라 늘어남 → 소비에트 연방 해체(1990) → 러시아연방, 시장경제로 변화됨 → 푸틴 독재. (끝)

◆ 러시아는 크다. 겁나 큼. 얼마나 크면 "이 나라는 참 이상해~♪ 가도가도 끝이 없고 지금 가도 또 지금이야♪" 라는 노래가 있을 지경.

부럽네

◆ 러시아 사람들은 뭐든지 큰 것, 화려한 것, 최고를 좋아한다고 함. 찻잔도 러시아 찻잔은 엄청 화려했지 아마?

◆ 우리가 러시아를 볼때는 서양, 유럽이라고 생각하지만, 러시아의 사고방식이나 문화는 오히려 동양에 더 가깝다고 함. 북미나 유럽에선 아예 동양으로 생각한다고.

◆ 러시아 사람들은 앞서 역사 부분에서도 보이듯이 온갖 힘든 일은 다 겪은 민족임. 척박한 환경, 추위, 이민족의 침략, 귀족의 수탈, 전쟁, 빈부격차, 혁명, 독재와 숙청... 모든 것을 인내하고 살아온 사람들임. 그래서 참는 건 도가 텄있다고. 한국 못지 않을테??

42

◆러시아 사람들의 이름은 이름-부칭-성, 이런 구조로 ^{/누구의 자식}
이루어져 있음. ○○비치는 ○○의 아들, ○○브나는 ○○의
딸이라는 뜻잉. 친하지 않은 러시아사람의 이름이나 성만
부르는 건 실례고 (당연하군) 정중히 부르려면 이름과
부칭을 부른다고 함. (친하면 애칭으로 부른다고.)

◆러시아의 흔한 이름 '이반'은 성경에 나오는 그 세례
요한임. 러시아사람들은 대부분 러시아정교 성자들의
이름을 따서 자식이름을 지음. 그래서 자기 생일보다
자기 이름의 기원이 된 수호성인의 날, 즉 명명절이
더 중요함. (생일잔치 대신 명명절잔치 한다고.)

◆러시아정교도 중요함. 러시아정교는 러시아의 근간이고
마음을 지탱해주는 뿌리임. 소련 시절, 교회도 부수고, 신부
와 수녀들도 쫓아내고 종교를 금지 했지만 그게 될리가..
요즘은 국가 행사에도 정교회 신부가 와서 축복해주고
교회는 정부 지원도 받음. (존버는 ..승리한다!)

◆ 러시아정교는 카톨릭, 개신교와 많이 다름. 초기 기독교가 서방교회 (로마 카톨릭)과 동방교회(비잔틴 정교)로 갈라졌고, 비잔틴 정교에서 러시아정교가 나옴. 러시아정교 교회에는 의자와 강대상, 오르간, 피아노가 없음. 인간의 개입을 최대한 줄여야 된다는 거임. 성가도 악기없이 아카펠라로 부른다고 함.

멋있겠는데...? 두근

◆ 러시아 북부의 시베리아 원주민들은 아직 샤머니즘 믿는다고 함. (샤먼이란 단어도 그 지역에서 나옴) 오래된 나무에 제물을 바치는 거나, 고수레 같은 것은 한국과도 상당히 비슷함.

서낭당도 있다고 함...!

◆ 러시아의 겨울은 엄청나게 춥다. (당연...) 그런데도 러시아 사람들은 매일 산책(굴랴찌)을 한다고 함. 영하 20도에도 중무장 해서 애기들까지 산책을 시킨다고. 아무리 추워도 바깥공기를 마셔야 건강해진다는게 러시아 사람들의 생각임.

그럴지도...

44

◆ 러시아도 우리처럼 집에서는 신발을 벗는다!
　　　　　　　(러시아 만세!!)

◆ 러시아는 석유와 가스도 나고 자원도 많아서 난방
비는 싼 편임. 그래서 러시아 어딜가도 실내는 매우
따뜻하다고 함. (시베리아 횡단열차도
　　　　　　　더울 정도라고 ...)

◆ 러시아 가정집에서 제일 중요한 곳은 불이 있는 부엌임.
응접실은 명절 때나 쓰고 평소 가족끼리 밥 먹거나
손님을 맞을 때는 부엌에서 한다고. (거기가
　　　　　　　　　　　　　(제일 따습겠지?)

◆ 러시아에서 '붉다'와 '아름다움'은 같은 의미임.
('불타다'라는 어원에서 나옴) 붉은 불은 가장 아름
답고 소중한 것이었음. 기독교 도입 전에는 태양 숭배
전통이 있었다고. (겨울 길이를 봐라. 그럴 만 하다)
그래서 러시아 사람들은 좋은 것, 아름다운 것에는
'붉은'을 붙임. (혁명의 피인 들...ㅇ)

45

◆ 러시아 사람들은 물질적으로 풍요롭지는 않음. 하지만 정신적 가치를 높게 평가한다고 함. 그래서 무조건 비싼걸 선물한다고 좋아하지 않음. 꽃, 초콜렛, 과자 같은 선물이 제일 좋다고. (특히 꽃!)

◆ 러시아 사람들은 다혈질이고 감정적인 편이라고. 이성과 논리보다 직관과 감정으로 판단을 내리는게 더 많다고. 한번 친구가 되면 다 퍼주는 스타일이 많다고 함. (한국 사람들하고 비슷한데?)

◆ 술... 러시아사람은 한 번 마시면 끝장을 본다고.. 체질적으로도 알콜분해가 다들 잘 된다고 함. 가장 많이 마시는 건 역시 러시아의 술 보드카. (프롤로그에 데낄라라고 써놓은 나여.. 죄송...) 무색, 무미, 무취에 숙취도 없다는데 진짠가? 첫잔은 무조건 원샷해야됨. (근데 여기도 젊은이들은 술 한결 덜 마신다고.)

◆ 소련 시절, 모든 인민들은 아파트를 배급받았음.
공산당원들에겐 고급 아파트인 스탈린카를,
노동자들에겐 일반아파트인 고무날카를 배급했음.
이 집은 국가 소유라 팔거나 살 수 없고 거주만 할 수
있었음. (지금은 일정기간을 살면 소유권 생김) 배급
초기에는 들어갈 사람은 많은데 아파트 물량이 없어
한 고무날카에 여러 가족이 같이 살았다고 함!

우리로 치면 18평 아파트에
모르는 가족 서넛이랑 방에 커텐 치고
같이 산 거임...

→ 한가족이 하나씩은
있는 비율

러시아 사람 3명 중 한 명은 '다차'를 갖고있다고 함.
다차는 농사를 지을 수 있는 시골별장임. 소련 시절
자기 가족 먹을 농사만 다차에서 지을 수 있었고
거래는 하면 안 됐음. 여기서 주로 야채를 길렀기
때문에 러시아 사람들 식탁엔 의외로 야채요리가
많다고 함. 고기만 먹을거 같은 이미지인데..
지금은 도시의 아파트를 자식에게 물려주고 다차에
가서 사는 노년층도 많다고 함.

◆ 자기 소유의 집과 다차가 있다보니 월급은 적지만 실제 러시아사람들의 삶은 그리 가난하지 않다고. 공립 학교의 경우 유치원부터 대학까지 공짜고, 의료보험이 있어 치료비·수술비도 공짜라고 함. (부럽...)

← 독서율 세계 2위라는데!???

◆ 러시아사람들은 책 많이 본다고 함. 톨스토이의 나라 이니 당연한가? 물론 요즘은 스마트폰 때문에 예전 보단 책 적게 볼 거임. 대부분의 사람들이 러시아 고전소설을 읽었고, 시인의 시 하나 외우는 건 당연한 일이라고 함. (님들... 멋지군요.)

◆ 러시아 사람들은 예술을 사랑함. 특히 음악은 그들이 현실을 이겨내는 힘이라고. 돈이 많건 적건, 고학력 이건 아니건 예술 공연을 많이 본다고. (예약 안 해면 표없다) 2차대전 중 나치에게 상트페테르 부르크를 포위당했을 때도 오케스트라공연을 연 일화가 있을 정도. (쇼스타코비치 교향곡 7번 레닌그라드 '를 검색해보면 자세한 이야기 나올 거임)

◆ 러시아 발레도 유명함. 원래 발레는 이탈리아에서
시작해 프랑스에서 발전했고, 오늘날 같은 형태가
된 것은 러시아에서 임. 17세기 표토르 대제가 황실
발레학교를 세우고 돈을 퍼부어 육성했다고 함.
차이콥스키는 최초로 발레전용교향곡을 만들어 발레에
혁신을 일으킴. (백조의 호수.. 죽기전에는
볼 수 있겠지??)

◆ 러시아 사람들 의외로 동물사랑맨들이라고 함. 특히
개와 고양이를 사랑하고 털이나 냄새도 별로 신경
쓰지 않는다고 함. (시베리아 횡단열차에도
동물하고 같이 탈 수 있는
열차가 있음!)

◆ 러시아의 겨울은 10월 말부터 4월, 말까지. 그래서
이들에겐 집이 제일 중요하고, 집에서 많은 시간을
보냄. 다 큰 자녀도 독립하지않고 같이 사는 게
보통이라고. 조금만 친해져도 금방 (집이
집으로 초대한다고 함.   친고지.
                                 암.)

러시아여행과 역사,문화조사에 참고한 책들

추천

러시아
상상할 수 없었던
아름다움과 예술의 나라

리수

「러시아-상상할 수 없었던 아름다움과 예술의 나라」이길주,한종만,한남수 저

러시아에 대한 애정과 따뜻함이 잔뜩 묻어있는 책. 이걸 보면 러시아에 대한 엄청난 호감이 생김!

추천

이지
러시아
모스크바, 상트

「이지러시아-모스크바,상트페테르부르크」서병용 저

추천

이지
시베리아
횡단열차

「이지 시베리아 횡단열차」서병용, 서진영 저

이 두권은 여행계획 짜는 것에 활용함. 정보가 풍성하고 러시아문화에 대한 설명도 많아서 좋음! 둘 다 들고갈 예정임.

이야기
러시아사

「이야기러시아사」김경묵 저

러시아역사를 쉽게 알려주는 책. 대화체를 많이 써서 좀더 쉽고 재밌게 느껴지는 듯! 솔직히 2번 읽고 겨우 역사 이해함.

「아주 짧은 소련사」
-실라 피츠패트릭 저

러시아역사에서 소련사에
집중한 책. 책이 짧아서
저런 제목이 아니고 소련의
역사가 너무 짧아서 저 제목인 거임.

「줌인러시아」
-이대식 저

러시아에 대한
오해를 풀어주는 책

「러시아 프리즘」
-강덕수 외 저

이것저것 재밌는 얘기들
많았음.

「굿모닝러시아」
-조재익 저

좀 자극적인 에피소드
많음. 여성에 대한 이야기는
좀 아쉬움이 느껴짐.

「러시아 미술사」
-이진숙 저

미술관 가려면
이런거 또 봐줘야지.
(그림인쇄도 고퀄)

「러시아정교와
음식문화」
-스몰란스키 저

의외로
재밌음

러시아정교와 러시아
음식이 어떤 연관성이
있는지 보여주는 책. 레시피도 있음!

D-4

망했다.... 감기야...

오 쉣.............

망했다. 망했어 ㅠㅠㅠㅠ 모랑 둘 다 감기걸림.

그것도 완전 풀코스로 진짜
독하게 걸렸다. 목에 가래
껴서 제대로 말도 못하고
콧물에 기침에 재채기에

와씨.. 이거 시베리아 갈수나 있는 거냐고 . . . . .

D-3

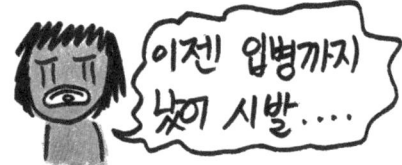

이젠 입병까지 났어 시발....

차도가 없어 병원 가서 들 다 링겔까지 맞았다.
목에 가래가 너무 껴서 기침을 하면 갈비뼈가 빠개
질거 같은데 되려 시원하고 통쾌하다. 아픈 와중에
준비를 안할수도 없어서 존내 힘들다. 오늘은 러시아 책들
스캔해서 PDF로 만들어 아이패드에 넣었다.

D-2

앓느라 잠도 못잔거 실화냐...

잠깐... 점점 걱정이 되는데?? 나 왜 안 낫지???
모 왜 하나도 안 낫지??? 이대로 러시아 가는 거야??
전혀 안 괜찮지만 째뜬 짐 싼다... 아이고 러시아는
커녕 블라디 보스톡에서 뭐할 지도 못 알아봤네
그 와중에 귀에서 덜그럭거리는 소리까지 내서 이비인
후과에 갔다. 내시경으로
귀 보니 귀지가 고막에
풀로 붙여놓은 거 같이 붙어
있다. 분명 이거 안 떼고
갔으면 기차 안에서 잘 때 계속 덜그럭 거렸다.
좀 아팠지만 귀지 빼고나니
소리가 잘 들린다!
아니 그동안 뭘 듣고
산 거야 ....

이게 고막 이에요. 짐 고막을 귀지가 막고 있네요.

→ 귀지

귓구멍

오오 잘들려

짱긋

53

D-1

꾸에에에에엑!!! 어제도 아파서 밤에 쓰러져 잠들고 준비 하나도 안됨........존나 초인적인 속도로 체크 카드 만들고 환전하고 옷사고 병원 갔다오고 다이소 갔다오고 다 함. 아이고 이젠 시간이 없어 진짜로 이제 내일이면 간다고 !! 감기 하나도 안 나았지만 여튼 가야돼!!!! 짐 싸야돼!! 허리허리 ! hurry hurry

트렁크 하나, 배낭 하나, 손에 드는 가방 하나, 크로스 백 하나 이렇게 짐을 챙겼다. 가방 장수냐고....

이 와중에 나는 생리도 하네 ㅋㅋㅋㅋ 이 망할 자궁놈, 넌 눈치도 없냐!! 지금 내가 애 만들게 생겼냐!!

사바사

생리매 집

뭐?? 여행??

자궁

애는 안 만들고 여행 ???

생리나 해라!!

이 와중에 한국은 갈수록 따습어지고 맑아지고 있다. 3월 초... 봄이구나. 봄이 오는구나!!

응^^. 그리고 나는 -10℃의 러시아로 가지

무려 네 달을 기다린 봄이 오는데 겨울왕국으로 겨울을 찾아 떠나는 나... 하하핫. 여튼 간다... 드디어 내일 간다! 러시아!! 블라디보스톡!! 악!! 시베리아!!!! 시베리아 횡단열차아!!!!! 간다!!!! 내가 간다!!!!!!!!!!!!!!!!!

여정 1

인천에서 블라디보스톡 까지

토	블라디보스톡 도착
일	
월	이건 서드 임팩트다 크
화	
수	

자, 드디어 오늘이 출국이다.

라고 할 것도 없어... 짐 싸느라 몇 시간 자지도 못했어.
심지어 감기는 낫기는 커녕 더 심해지고. 아이고, 내 링겔
비용 5만원은 어디로 간 거야.

몇 시간 못자고 일어나자마자 모와 서로 염색해 줄 준비
를 했다. 미쳤네 ㅋㅋㅋ 토요일 오후에 출국인데 토요일
오전 10시에 염색을 했다니... 광속으로 염색을 하고나니
이미 12시. 공항버스 탈 여유도 없어 택시를 불러
인천공항으로 향했다.

여유 제로...

비로소와 만나 체크인을 하고, 다시 각자 헤어져
환전한 돈 찾고, 여행자 보험도 가입했다. 밥도 먹어야
돼, 면세물품 산 거 수령도 해야 돼. 왜 공항에선
항상 허둥지둥이지? 그런데 다행히도 자동출입국이란
것이 생겨 줄도 안 서고 여권 터치 한번으로 수속 끝!

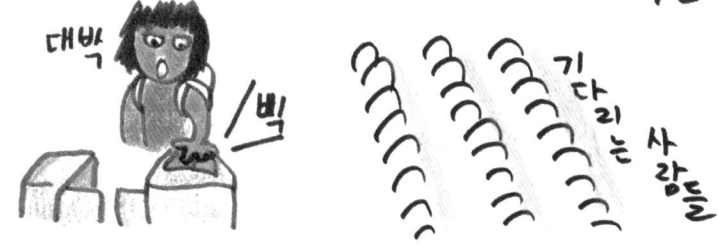

대박

/빅

기다리는 사람들

와, 문명 만세. 시간이 이렇게 줄어드냐. 덕분에 시간에 쫓기지 않고 S7을 탔다. 북한 땅이 보이는지 궁금해서 계속 바깥을 보았다. 흑백 필름 같은 무채색 도시 위를 지나갔는데 거기가 북한이었을까?

S7 승무원들은 모두 군인같은 포스가 있었다. 특히 장군같은 오로라를 뿜어내는 분도 있었 → 다. 예전 시베리아 항공의 서비스는 세계 최악이었다는데 딱히 그렇지도 않았다. 하지만 샌드위치의 맛은 터무니없을 정도였다.

S7

이렇게까지 맛없을 일인가 …?

이륙한지 2시간 밖에 안 되어 블라디보스토크에 도착했다. 오와! 눈이다! 우리가 도착하기 전까지 영하 12도의 강추위였다는데 다행히 기온이 올라 함박눈이 내리고 있었다.

블라디보스톡
공항

수속을 마치고 짐찾아 나오니
공항 밖에 눈이 잔뜩 쌓여있다. 진짜 러시아구나.
겨울왕국! 아니 겨울 공화국! 겨울 연합! 와아!
러시아 택시 어플 `막심'을 이용해 시내에 예약한
숙소까지 갔다. 숙소는 10층 넘는 공용주택의 고층이었고
꽤 컸다. 에어비앤비에서 본 것 처럼 깨끗한 느낌은
아니었다. 게다가 숙소와 주인아저씨에게 엄청난 담배
냄새가... 아니 사람이 서있는게 아니라 담배가 서있는 듯
한 이 집약적 냄새 뭐지. 게다가 아저씨의 젖은 발에서
엄청난 꼬랑내까지 난다...

아저씨
신발
러시아 사람들은 집 안에서
신발을 신지 않는다

61

하지만 여러 단점에도 불구하고 전망은 정말 좋았다.
블라디보스토크의 상징인 금각교가 정면으로 보인다!!

숙소의 낮전망   Бухта Золотой Рог

첫번째 저녁은 수프라라는 유명맛집에서 먹기로 했다.
조지아 식당인데 만두가 특히 유명하다고 한다. 조지아..!

잠작도 안 간다.

(나중에 안 거지만
러시아에는 조지아
식당이 아주 많다.
뭔가 '전라도 식당'
느낌인가...)

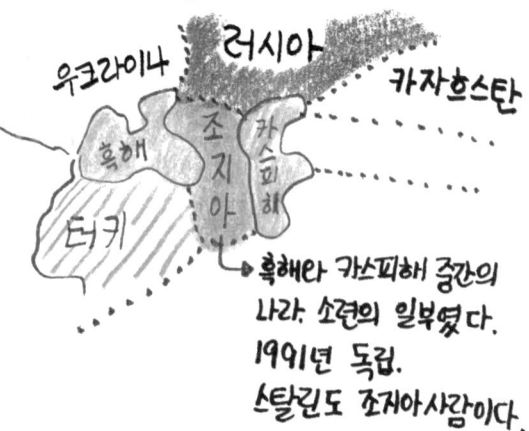

우크라이나   러시아
흑해   조지아   카자흐스탄
터키   카스피해

→ 흑해와 카스피해 중간의
나라. 소련의 일부였다.
1991년 독립.
스탈린도 조지아 사람이다.

사람이 어쩌나 어쩌나 많은지 입구가 사람으로 꽉 차있다.
발 디딜 틈도 없다.!! 관광객도 있었지만 대부분 러시아 현지인
이었다. 데이트 나온 연인도 많았다. 여자들은 대부분 장난
아니게 차려입었다. 👀 〈무슨 모델 집합소냐?!〉 방금
미용실 다녀온 것처럼 셋팅된 머리에, 짧고 몸에 딱 붙는
원피스, 굽높은 부츠까지. 👀 ← 지속적 놀람 상태

63

거의 40분을 기다려야하는 모양이지만 지금 와서
다른 곳 가기도 싫어서 번호표 받고 기다리기로 했다.
기다리는 동안 먹으라고 와인과 귤을 줬다 !! 헐..이럴수가.

우리나라 귤보다
작고 더 시큼

크... 생전 기다린다고 뭐
받아보긴 처음이다....
러시아 .. 굿 피플 ....

귤도 맛있는데?

와인도!

심지어 귤과 와인은 더 주기까지. 러시아놈들..뭘 아는군!
한참 기다리다가 드디어 차례가 되어 들어갔다. 사람
엄청 많고 북적북적 했다. 우린 많은 음식을 시켰고,
남기지도 않고 해치웠다.

가운데에
치즈라 계란
노란자가
든 빵.

↑
지구인이면 누구도
거부할수 없는 맛

양다리가 든
토마토 수프

샤 슬 릭!

내가이걸 먹으려 왔구나!

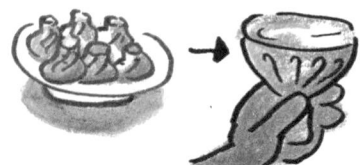

→

뒤집어 바닥부터 먹는 만두.
한입물자마자 육수 잔치 ... ♡

먹고 먹다가 배가 찢어질 정도가 되어서야 막심을
타고 숙소로 돌아왔다.

좋은 시작이다

다음날 일어나 간만에 화장을 열심히 해봤다. 어제
러시아 여자들 보고 놀란 게 영향을 미친 듯 ㅋㅋㅋ

러시아 도착 전   러시아 도착 후

특히 눈은 완전 러시아
여자로 바뀜 ↰

AK

아르세니예프
연해주 박물관 티켓
400 ₽

Приморский
Государственный Музей
имени В.К.Арсеньева

Бронзовое зеркало.
Золотая империя чжурчжэней. конец XII - начало XIII в.
Из коллекции Ф.Ф. Буссе, 1893 г.

훗

러시아풍
으로 화장을
해봤지

숙소 앞에서 막심 택시를
불러 아침을 먹을 뎀버거
집으로 갔다. 막심은 앱에서
출발,도착지의 번지와 건물
넘버, 몇번째 문인지 까지
다 기입해야 한다.

그때문에 꽤 번거로운데, 대신 정확히 그위치에 대
준다. 여기서 걸어가세요 그런게 없이…

블라디보스토크 핫플레이스인 뎁버거는 들어가서부터
정말 멋있었다.  오..여기 뭔가
청담동 온거같다 → 해석 : 뭔지
모르겠지만
있어보인다

러시아 식당들은
들어가자마자 대부분 코트를 맡기거나 걸어야한다.
뎁버거는 코트를 맡더니 작대기로 2층에 전달하고
2층에서 그걸 받아 걸었다. 재미있네, 재미있어.

2층 옷
관리하는
人

DAB
BURG

DAB

1층서 옷받아
올려보내는 人

수간위에 치즈를
녹인 샌드위치

맛도
있습니다

바나나오트밀

레몬홍차

뎁버거에서 5분도 안되는 곳에 아르세니예프 연해주
박물관이 있다. 여기 역시 수프라, 뎁버거에 이어
블라디보스토크 관광객이라면 다 가는 곳이다.
(앞페이지에 붙어있는 것이 입장티켓)

코딱가리만할 거라는 나의 편견과 달리 생각보다 볼 것도 많고 컸다. 옛날 인민복, 스탈린 초상화, 까마귀 박제, 신석기 시대 유물, 동물 털가죽 등등 뭔가 통일성 없는 것 같지만 이 지역을 알 수 있는 전시품이 가득 있었다. 그리고 무엇보다도 ....  여기.. 고양이 있어..

고양이 ㅠㅠ 러시아 고양이 ㅠㅠ
그것도 박물관 고양이라니
이게 꿈이야 생시야.

러시아..
고양이 친화적
국가인가!

박물관 안에 고양이가
지가 주인인 것처럼
돌아다니는데도 누구하나
눈살 찌푸리기는 커녕 모두가 사진이라도 한 장 찍으려
졸졸 따라다니고 있다. (갑자기 엄청나게 상승한 러시아
이미지)

- 냐아옹 -
벅벅

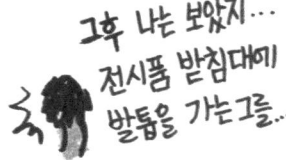

그후 나는 보았지...
전시품 받침대에
발톱을 가는 그들...

아르세니예프 박물관 I층에서 바로 금각교가 보인다.
풍경이 멋있어서 서서 그리고 있는데 뒤에서 누가
툭툭 친다. 깜짝 놀라 돌아보니 직원분이 나에게
러시아 말로 뭐라 말을 하고 있다.

아... 여기서 그림 그리면
안 되나ᵒ

무표정

싶어서 스케치북을 접고 움직이니 그게 아니라는 듯
손을 저으며 의자를 가리키고 계신다. 아! 의자에
앉아서 그리라는 건가! 우와! 다정해!! 하며 구석에
있는 의자에 앉자 "그게 아니고!" 하는 듯한 말을
하시며 날 일으켜 세우더니
전시장 중간에 의자를
놓으셨다. ㅋㅋㅋㅋ
그리고 거기서 그리
라고 ㅋㅋㅋㅋㅋㅋㅋ

여기
앉으라고!

흠
컥

아니 선생님 ㅋㅋㅋ 거기 사람들 지나다니는데 잖아요
ㅋㅋㅋ 괜찮으시냐고요 ㅋㅋ 내가 의자에 앉자 그제야
흐뭇한 웃음을 짓는 선생님 ㅋㅋㅋ 아이고 ㅋㅋ

그런 무표정한 (or 혼낼 것 같은) 얼굴로 친절을 베풀면
엄청나게 헷갈린다고요.
덕분에 러시아에 대한
호감은 수직상승함.

나 러시아 좋아
벌써 좋아

박물관에서
가장 놀랐던
작품.
스테인드
글라스 처럼
보이는데
가까이
보면
방식이
다르다

색유리를
충충히 쌓아
만든 것

아래서
위로 보면
또다른
작품같다

평면이
아니라
입체다

이건
실물로
봐야돼

박물관엔 현장학습을 나온 어린이들도 있었다. 어린이들이 남겨 놓고 간 그림을 믿었다. 오예

박물관 샵에 꽤 좋은 것들이 있어보였는데 주인이 없어 못샀다. 물고기 모양 인형하고 수건 사고싶었는데…

내일 다시 사러올까…

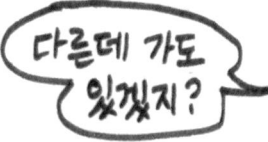

다른데 가도 있겠지?

어쩔수 없이 빈 손으로 박물관을 떠났다.

(그리고 곧 후회하게 된다)

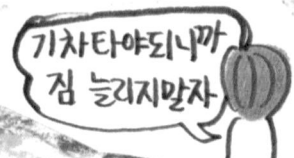

기차타야되니까 짐 늘리지말자

АМЕРИКА

블라디보스톡 시민들이 많이 놀러간다는 해양 공원에 갔다. 첫날 갔던 수프라식당에서 산책길을 따라가면 된다. 그런데 눈이 엄청나게 쌓여있어 한걸음 한 걸음 걷기도 힘들다. 와.. 나 파딩부츠 안 신었으면 어쩔뻔 했냐.

눈높이 실화냐

으아

어억

푹

푹푹

한걸음 걸을때 마다 눈속으로 발목까지 푹 빠지고 눈이좀 녹은곳은 완전 진창이라 일반 신발이었으면 그냥 망했겠다. 방수신발이 없으면 큰 화를 입으리...

해양공원에 도착할때까지 그게 해양공원인지도 몰랐다. 저 눈덮힌 벌판이 바다라고 ???
헐, 미친 ㅋㅋㅋㅋ 바다가 얼다니 ㅋㅋㅋㅋㅋㅋ

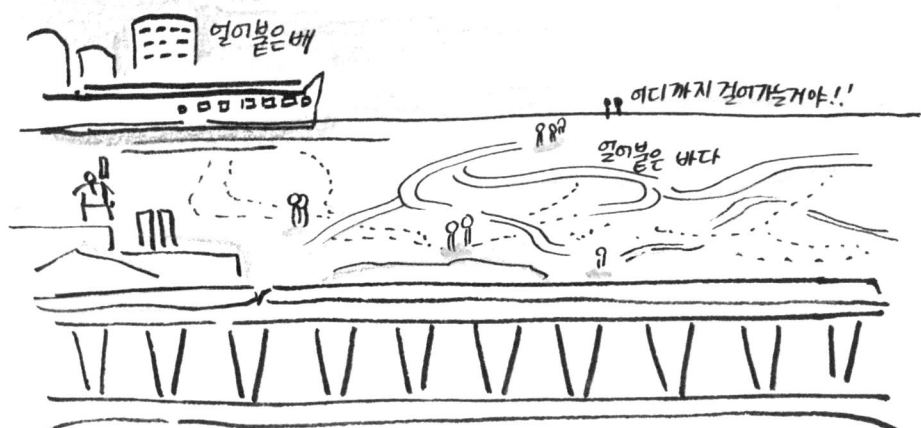

큰 배들이 **얼음** 안에 가둬져있고 사람들은 바다 위를
걷고 있다! 바다 위에 눈이 쌓였다. 바다가 하얗다.
하늘이 파랗다. 사람들은 무섭지도 않은지 지평선
저 끝까지 걸어간다. 하늘로 걸어가버릴 것 같다.

요새 박물관까지 눈쌓인
계단을 걸어올라갔다.
어디가 계단인지 아닌지도
잘 모르겠다. 하여튼 열심
히 올라갔다. 요새박

물관은 정말 요새였다. 대포와 탱크도 있고 별별
무기들도 다 있다. 하얀 바다도 넓게 내려다보인다.

73

요새 박물관을 보고나서 시내 유명 디저트집에 가서 에끌레어를 사서 숙소로 들어왔다. 몸이 꽁꽁 얼었다. 신발을 벗어둔 현관에 물이 그득하다.

여행을 오면 늘 놀라게 된다. 하루에 어떻게 이렇게 많은 일들이 일어날까? 일주일 분량의 일이 하루에 일어나기도 한다. 여행을 오면 10분이 길다. 하루에 많은 것을 본다. 느낀다. 여러 음식을 먹고 새로운 것을 산다. 여행의 하루는 일상의 10일이 압축된 것 같다.

하루가 9페이지라니!!

짧고 간단히 쓰려고해도 어렵다.
이번 여행엔 하루에 많은 곳을 가고, 지역도 이동한다. 작전의 치앙마이 여행과 완전 다르다. 치앙마이 여행기도 실제 있었던 일의 50%만 쓴 것이다. 러시아는 대체 분량이 어느 정도일 것인가... 두렵군...

다음 날, 또는 몸이 안 좋아 비로소와 나만 숙소를
나왔다. 무리의 브레인이 빠져서 두 바벗는 택시도
못 부르고 추운 곳에서 덜덜덜. 막심은 건물이 있는
거리 이름, 번지, 건물 이름, 내가 서있는 게이트 번호
까지 정확히 기입해야해서 내가 어딨는지 파악하고
건물 이름 찾고 헤매다보니 어느새 30분 경과.

모호연
보고싶다...

우린
안돼...

나사빠짐   갈치

어쨌든 막심 타긴 타서, 카페에 오긴 왔다!
5 O'clock 이라는 카페인데 나중에 알고보니 여기도
가이드북에 실린 유명 카페다. 인테리어부터 메뉴까지
모두 영국풍이다. 홍차와 소세지빵을 먹고 블라디
보스톡의 중심지 혁명**광장으로** 걸어갔다. 러시아의
도시들은 모두 이런 광장이 있다고 한다. 예전에는
공산주의 이벤트(??)등이 열렸고, 지금은 주말
장터도 열린다고 한다. 그런데 ....

광장이 있어야할 자리에 광장은 없고 뭐야
이 거대한 눈 산들은 ??? 주변을 한참 살피고
나서야 이곳이 원래 혁명광장 맞고, 시내에서
치운 눈을 여기다 갖다버린다는 것을 알았다.
끝없이 대형트럭들이 들어와 눈을 버리고 있어
ㅋㅋㅋㅋ 뭐냐고 진짜 ㅋㅋㅋ 동상 보이지도 않아

아니. 님들 여기 되게 중요한 곳이라면서요 ㅋㅋㅋㅋ
그건 그거고 이건 이거냐고요 ㅋㅋㅋ （졌다）

혁명광장의 눈산을 넘고 넘어 겨우 광장 끝 기념품
상점으로 들어갔다. 규모가 꽤 있는 상점이라 일부러
찾아간 거다. 역시나 물건이 엄청나게 많았고 ...

and
여기 고양이 있어!!!
끼약!!
쇼핑 ← 카트

아.. 러시아.. 고양이 나라..?!
러시아 만세!!! 물건은 둘째치고 일단 고양이부터
봤다. 윤기도 반들반들하고 왜케 점잖아. 나중에
알고보니 러시아 사람들의 개·고양이 사랑은 엄청
각별하다고 한다. 기념품샵은 물건은 많았지만 또
살것이 많은 것은 아니라 빈티지 엽서 (내가 기념품
샵 갈때 꼭 사는 것. 가게 초반에 있었을 법한 낡은
엽서들) 과 소포장된 꿀을 샀다

기념품 샵에서 걸어 8새 박물관으로 갔다. 추워서
그렇지, 블라디보스톡 시내는 다 걸어서 다닐 수 있다.

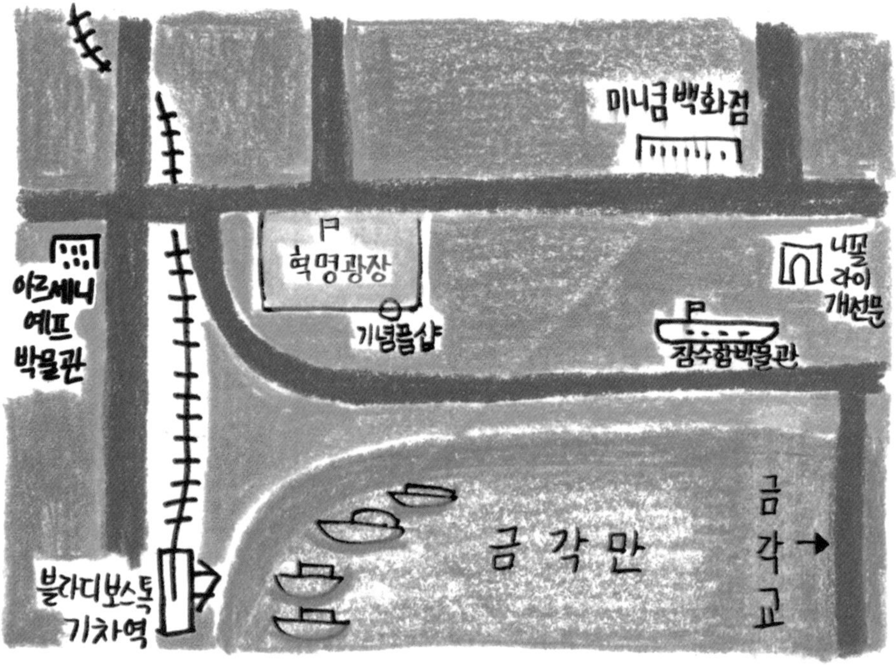

미니금백화점

혁명광장

기념품샵

아르세니
예프
박물관

잠수함박물관

니꼴
라이
개선문

블라디보스톡
기차역

금 각 만

금
각
교

잠수함 박물관의 비주얼은 놀랍다!! 이 잠수함은 진짜다!
2차 세계대전 때 많은 승리를 거둔 잠수함이고, 1957
년까지 활동했다. 이 잠수함 안이 박물관인 거다.

엄청
크다!

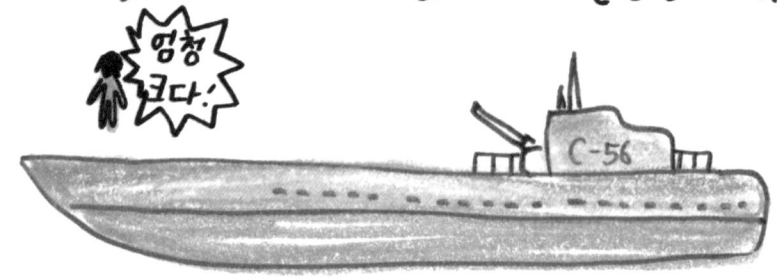

C-56

박물관 안은 활동 당시의 모습을 재현해놨는데 여기가
의외의 인물사진 명소...

아웃포커싱 때려 뭔가 빈티지
사진같은 느낌으로
비로소를 찍어주겠다.
역시 찍히는 거보다
찍는 게 재밌지.

☆ 아니아니
고개를 살짝
이쪽으로
틀고 ☆

여자
사진
찍는거
좋아함

좋아
좋아
예쁘다!!

찰칵

찰칵

잠수함 밖으로 나오니
왜 전화 안 되냐는 문자가
와 있다. 전혀 전화 안 됐는데! 잠수함 안이어서
전화가 안 터진 건가! 외부와 자동으로 단절되는데?

모가 근처까지 와서 다시 합류했다. 브레인이 오자
급격히 안정되는 분위기. 감사합니다, 모호연이여...

우릴
버리면
안돼

얘네
왜 이래

우린 바보야
ㅠㅠ

니콜라이 개선문은 사진에서 본 것보다 훨씬 예뻤다.
러시아의 마지막 황제인 니콜라이 2세가
블라디보스톡을 방문한 기념으로 1891년에 세워
졌다. 블라디보스톡이 러시아 영토가 된 것은 최근
이다. 원래는 청나라의 땅이었고, 해삼이 많이
난다고 해삼위라고 불렸다. 청나라와의 협상으로
1860년에 군사기지가 생겼고, 1880년대에
도시가 되었다. `블라디보스톡`이라는 이름은 `동방을
정복하라`는 뜻이라니 당시 의도가 빤히 보인다.
블라디보스톡 사람들은 이 개선문을 통과하면
성공과 행복이 온다고 한다는데.... 과연...?

니콜라이
개선문

Николаевские триумфальные
ворота

니콜라이 개선문에서 사진을 찍고, 바로 아래에 있는 사도 성 안드레아 성당에 들어갔다. 성당문에 중국어로 뭔가 쓰여있어서 '아이구... 관광객들이 또 뭔 진상 부렸구먼'하고 혀를 차며 들어갔다.

.. 그리고 곧이어 우리도 쫓겨났다. 모와 비로소는 성당 입구에서 얘기하다 쫓겨나고 나는 머리 안 가리고 성화에 너무 가까이 가서 쫓겨남... 이후 알았지만 러시아 정교회의 성당들은 절대 관광지가

Храм Часовня Андрея Первоз -ванного

아니다. 거긴 절대적으로 종교만의 공간이고, 방문자는 최대한 존재를 작게 해야 한다. 크기가 작은 성당일 수록 더욱 그렇다!

교훈 러시아에서 뭔가 잘못하면 혼이 납니다.

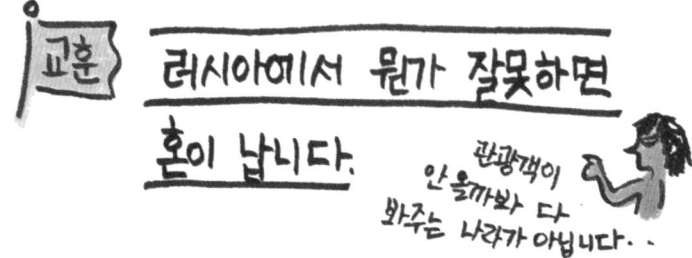

관광객이 안 올까봐 다 봐주는 나라가 아닙니다. ..

82

하루 종일 하늘이 어두웠는데 이제 비까지 온다.
너무 추워 길 건너에 있는 쇼핑센타로 달려 들어갔다.
(미니굼 백화점) 뭘 먹을까 둘러보다가 간식 겸 간단히
고기를 먹기로 했다. Grizzly Grill 이라는 집인데

스테이크 + 사이드메뉴 + 소스 + 음료수
(구운 감자, 구운야채 + 빵
러시아식 김치등)

를 다 따로 따로 주문할 수 있다. 취향대로 닭가슴살
두 덩이, 구운 가지와 파프리카, 구운 감자, 코윤슬로를
시켰다. 맛도 나쁘지 않다. 우리나라도 이런
(나중에 안 거지만 집 있었으면.
러시아엔 이렇게 모든 걸 따로 골라 주문하는
시스템이 흔하다)
밥을 먹고나니 완전히 어두워졌다. 오늘의 마지막
코스로 '독수리 전망대'에 야경을 보러가기로 했다.
전망대서 야경보면서 차 마셔야지.

ㄱ.. 그런데 막심이 전혀 안 잡힌다.

막심이 너무 안 잡혀서 버스타고 가려는데 버스도
안 와.... 게다가 버스 정류장이 너무 넓고 크고
복잡해 버스가 온다해도 어떻게 타야할지 ...♪

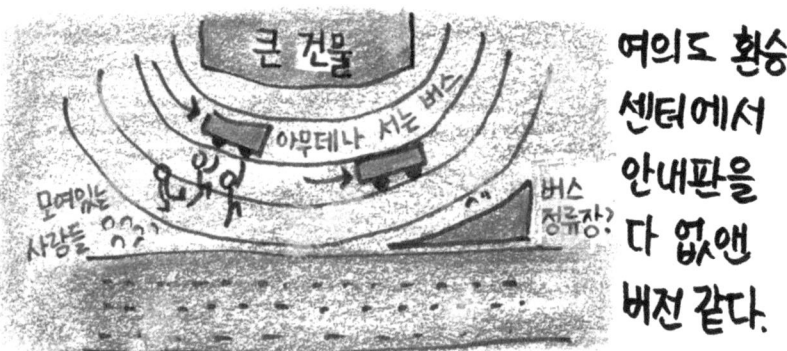

여의도 환승
센터에서
안내판을
다 없앤
버전 같다.

눈치껏 버스가 오면 마구 달려가 버스를 세워서
타야한다! 오케이! 그 정도야 나도 서울시민이다.

가능해! 와라! 버스 이놈아!! 온 신경을 집중해
버스들이 들어오는 곳을 노려보아도 우리가 탈 버스는
보이지 않고... 심지어 껌껌한데 버스번호는 보이
지도 않지, 영어 하나 없고 전부 키릴문자지.
이 와중에 정말 죽도록 춥고 눈비까지 날리네 ㅠㅠ
애들아.... 숙소로 가자.... 그렇게 30분여가
지나 정말 기적적으로 막심 택시가 잡혔다!!
스파시바! 이제 됐어! 야경만 보면 숙소로 간다!

여기다. 내려

?????

아니... 선생님... 뭐가 있다는 거지요 ....?
안내판 하나 없는 공터에 우릴 떨구고 가버린 막심.
저기... 저 언덕으로 올라가란 소리인가?? 눈이
쌓여 형체도 제대로 안 보이는 계단으로 일단
올라는 갔다. 울타리고 붙잡는 곳이고 그런거 없습니다.
꺼 걍 올라갈 뿐....

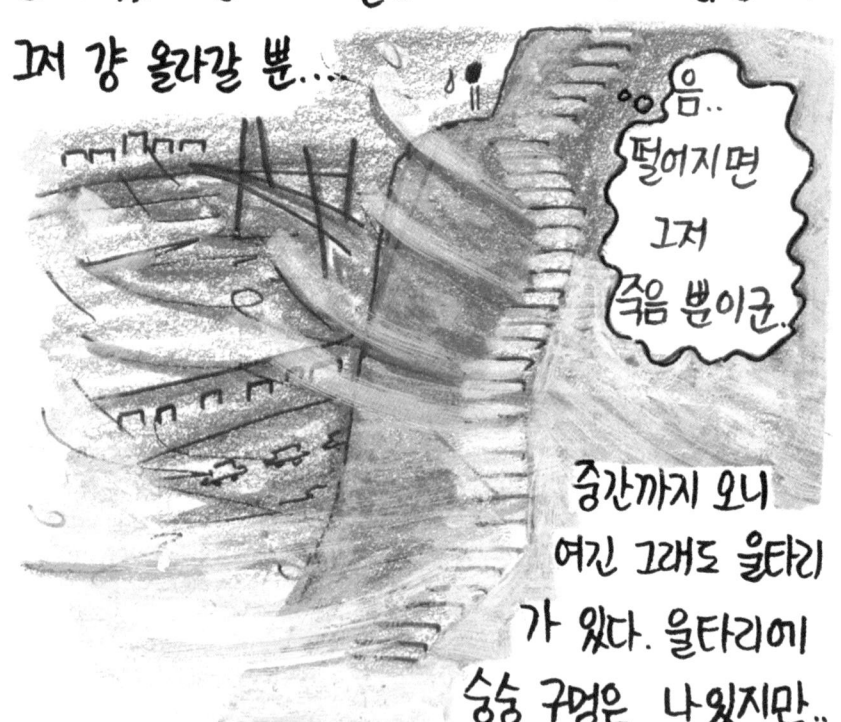

음..
떨어지면
그저
죽음 뿐이군.

중간까지 오니
여긴 그래도 울타리
가 있다. 울타리에
숭숭 구멍은 나있지만..

맞은 편에서 한국사람들이 내려오는 걸 보니 그래도
안심이 되었다. 그래!! 나는 등산의 민족이다!
국토의 70%가 산이지!

용기를 내어 더 올라갔다. 조명도 없고 빛도 없고
여전히 안내판도 없고 제대로 된 길도 없고.

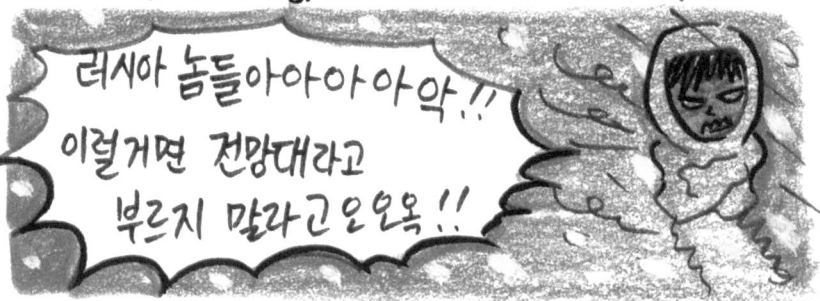

러시아 놈들아아아아아악!!
이럴거면 전망대라고
부르지 말라고 오오옥!!

그냥 사람들이 여기 좋다니까 올라가다 생긴 언덕
정도지.. 여기는 관광지가 아니여.... 무슨 건물이
있긴 있는데 한참 전에 망했는지 완전 낡아 있다.

추위와 어둠을 뚫고 드디어 뭔가 `시설'이라고
부를 수 있는곳에 도착 했다.

으악!! 존나 멋있다!!
완전 지구 최후의 날
같아!! 세기말 분위기!!

힘들고 무섭게 올라온
것만큼 환상적인 붓다!

우오오오오!

87

Видовая площадка
'Орлиное Гнездо'

마치 내가 독수리가 되어 날고 있는 것 처럼, 공중에 두 눈이 있는 것처럼 모든 것이 다 보인다. 이 풍경은 사진으로도 온전히 남길 수 없어! 미친듯 몰아치는 눈바람과 희뿌연 안개 너머로 거대한 붉은 V 두개가 주변 으로 빛을 뿌리며 서 있어. 이때까지 다른 야경을 표현할 때 아름답다는 표현을 많이 썼는데 여긴 그런 말이 어울리지 않는다. 멋지다.. 정말로 거칠고 멋져!!

금방이라도 번개가 찢어놓을 것 같은 구름과
눈 앞을 가리는 안개 속에 우뚝 솟은,
아니 어쩌면 피의 사선으로 내려꽂힌 ...
오.. 저거슨 롱기누스의 창?

세기말
놀음에
질 수 없다

그런데 춥다.. 정말 죽도록 춥다. 그냥 서있기만
해도 추울텐데 눈바람 날리지, 눈물은 줄줄 흐르
지, 콧물도 줄줄 흐르지, 바람하고 눈은 계속
열콰 때리지. 아이고 죽겠다. 이 와중에 주머니에
손 넣고 부동자세로 에반게리온 OST 듣고있는
비로소 자매여. 저것이 진정한 덕후의 길이다.

아까 그 길을 다시 내려가니 다행히 근처에
막심이 있어 시내로 다시 돌아왔다. 위험하고
멋진 풍경이었어. 아니 위험해서 ─아무 것도
없어서 ─ 멋진 풍경이었어.

91

다음 날 좀 늦게 일어나서 여유있게 준비
하고 있었는데 띵동 하더니 갑자기 집주인
아저씨가 들이 닥쳤다!! 아니, 이봅시오. 주인
양반!! 시계를 보니 11시 50분. 비로소는
짐까지 다 싸놨는데 나랑 모는 세수도 안했다.
집주인이 10분 안에 나가야 된다고 번역기를 보여
주고 우린 불에 데인 닭처럼 허둥지둥 작렬.
뭘 챙긴지 모르겠지만 할튼 짐을 들고는 나왔다.

집안에 들어와 기다리는
airbnb 주인 생전 첨이다...

비로소가 아저씨 발냄새랑 담배 냄새 너무
심하다고 궁시렁거리고 있지만 난 하도 정신
없어 냄새가 나는 줄도 몰랐다. 다행이라 해야되나.

이 와중에 나는 배까지 슬슬 아파오고.. 엘리
베이터는 안 오고... 결국 가스를 몰래 배출하자마자
다행히 엘리베이터가 왔다!!

러시아 남자가 우리를 스쳐지나가고 짐을
엘리베이터에 싣는데 풍겨오는 엄청난 냄새..
욱.. 내가 생각해도 너무 심하다

그런데 비로소가 갑자기 인상을 찌푸리며
코를 미친듯이 벌름벌름 거리더니 이러는 거다.

쿵
쿵

음... 냄새.....

야!! 러시아 남자들 진짜
안 씻나봐.. 저 남자 지나가고
난 뒤에 완전 썩은 내 나...

저 남자 완전 멀쩡하게
생겨가지고.. 우와...
충격이다 진짜...

ㅋㅋㅋㅋ
ㅋㅋ
ㅋㅋ

외면하는
모호연

나씨까 닥쳐
.....

러시아 국민 여러분.....
블라디보스톡 OO 아파트
11층에 사는 남성분...
정말 죄송합니다....
사죄 드립니다......

결국
말 못함

94

비로소는 오늘 한국으로 간다. 기차역에서 공항으로 가기 때문에 기차역 짐보관소에 우리 짐을 다 맡겼다. 모호연과 나도 오늘 저녁, 드디어 시베리아 횡단열차를 탄다...!

짐 맡기고 아르바트 거리에 있는 유명 블린 전문 카페 '우흐 뜨이 블린'에 갔다. 블린은 러시아식 얇은 팬케이크라고 한다. 졸인 서양식 배가 들어간 블린과 아이스크림을 먹었는데

우오아아아 너무 맛있다아아!!

우와와 이야...
이건 취향도
안 타는 맛이다.
너무 맛있어
....!!

순식간에 다 먹어치우고 2개 더 시켰다.
3명이서 블린 5판을 먹네 ㅋㅋㅋㅋㅋㅋ

다시 걸어서 국립 연해주 미술관에 갔다.
여기는 아직 한국관광객들에게 유명한 곳은
아니다. 미술관은 작고, 작품도 적었다. 하지만
오히려 작품이 적어 부담이 적기도 했다.
그리고 적은 작품이지만 컬렉션의 수준은 높았다!

유화 명작을 이렇게
가까이에서 보는 건
처음이라 거의
눈으로 암기하면서
봤다. 이렇게 본게
나의 손의 스킬로
바로 바뀌면 좋을텐데.

연해주 미술관
앞에선 바로
율 브리너 생가
가 보인다.

시간이 남아서
그림 그리니
직원분이 너무너무
흐뭇하게 보신다  응

머리 쓰다듬고
싶은 눈빛이신데?

Елена

사진도
같이

찍었다!

ПРИМОРСКАЯ ГОСУДАРСТВЕННАЯ КАРТИННАЯ ГАЛЕРЕЯ 국립연해주미술관

연해주 미술관에서 기차역까지 걸어갔다. 걸어

갈 수 있는 곳도 많고 할 수 있는 것도 많다. 이제

슬슬 자리가 몸에 익는데 떠나야 하다니 ....

애들아
잘 다녀와!!

비로소를 공항열차 타는
곳까지 데려다주고
기차역 앞에 있는 마트로
갔다. 하아.. 이제 시작
인가... 이제 떠나는가..

시베리아 횡단 열차를 타는가 !!! 사실인가 !!!

너무 말끔하게 즐긴 나머지 지금 그냥
집에 가도 될 것 같다...

이.. 이제 시작인 거 실화냐

이것이 바로
시베리아
횡단열차
기차표...
후덜덜...

블라디보스톡
→ 하바롭스크
까지 가는
침대기차표
이다.

으아아아아...
드디어
가냐고...
어으윽...

부활절 계란 꾸미는 포장지들 (마트에 판다)

← 부활절 계단 꾸미는 스티커

이것도↓

러시아정교의 성화들 모두 중세그림 같은 스타일

때마침 부활절 시즌이었다. 부활절 달걀을 꾸미는 스티커와 포장지를 어디서나 판다

우와... 끝이 없냐

내렸다 하루자자

와씨, 진짜 추워

버글버글

블라디보스톡

하바롭스크

울란우데

이르쿠츠크

과연 우리가 맞게 가고 있는가..

여기 맞나

ㅇㅇ

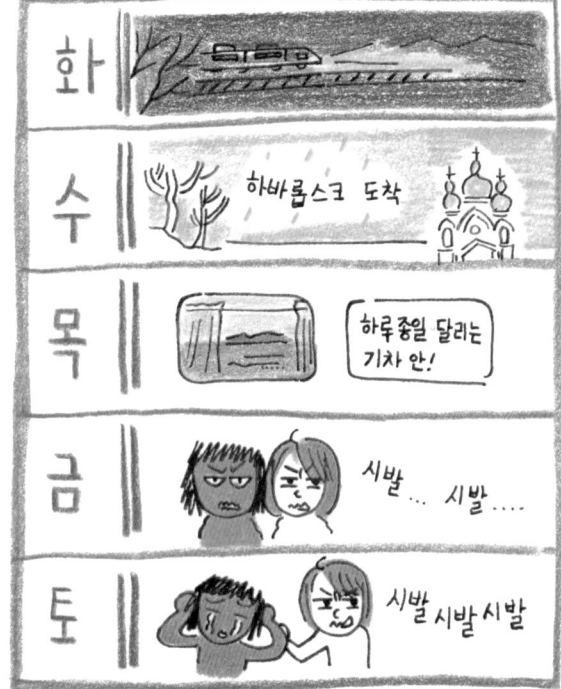

화	
수	하바롭스크 도착
목	하루 종일 달리는 기차 안!
금	시발... 시발....
토	시발 시발 시발

102

드디어 오늘 밤에 첫 시베리아 횡단열차를 탄다.
블라디 보스톡 출발, 하바롭스크 도착이고, 내일 아침에
도착한다. 하바롭스크에 숙소를 잡아놨고 1박후
이르쿠츠크행 기차를 탄다.

이 모든걸 내가
할수 있단 말인가...
불안하다..
자신없다..

흄...
니가 있어
얼마나
다행인지..

이 그룹의
브레인
(멤버 2명)

많이 두렵지만 혼자가 아니니 어케든 될 것이다.
블라디보스톡역 길 건너에는 '슈퍼마켓'이라는
마트가 있다. (СУПЕРМАРКЕТ) 기차를 타기
전 여기에서 장을 많이 본다고 한다. 우리도 가서
기차 안에서 먹을 것들을 샀다.

빵

사과

초콜렛

물

물가는
싸다

오렌지쥬스
등등

103

금문교

바다

철도

블라디보스특역

대혼란의 도로

→IF : 슈퍼마켓

2F : 리퍼블릭 식당

레닌공원

레닌동상

2층올라가는 계단

물건을 사서 레닌광장으로 나와 밥먹을 곳을 찾다
2층에 있는 식당 리퍼블릭(ㅋㅋ 이름 봐)으로 갔다.

첫인상은 그리 좋지 않았다. 칙칙하고 썰렁한
내부..나를 싫어하는 듯한 종업원.. 맛없어보이는
카페테리아.. 하지만 큰 창문 너머로 레닌동상이
보이는 뷰가 좋았다.

그리고 안이 생각보다 넓직하고 한가로워 기차 출발 전에 시간 때우기도 좋아보였다.(나와 같은 생각을 하는 사람 약 20명 가량 있었음)

삭막한 실내 (소련 st)

나를싫어하는것 같은 직원(주:러시아 사람은 다 이런 느낌이다ㅋㅋ)

음식 진열대

↑쟁반 놓는곳   ← 맛 하나도 없어보이는 비주얼

먹는 방법은 카페테리아와 비슷하다. 쟁반을 들고 레일에 합류해 먹고 싶은 음식을 고른다. 그럼 마치 나를 싫어하는 것 같은 직원이 음식을 떠서 준다. 그렇게 음식. 샐러드, 음료, 간식. 수프 등을 골라 계산을 하고 자리로 가서 냠냠 먹으면 된다. 먹을만큼 양껏 담아도 5000원을 넘지 않았다.

야... 여기 짱 좋다...

두근   두근

보기에는 잔짜 맛없게 생겨가지고, 상당히
맛있다? 러시아 오면서 채소는 이제 끝이구나.
알짤없이 고기만 먹는구나 했는데 샐러드와
채소요리가 상당히 많고 맛있다!

특히 연해주 지방은 한국이주민들이 많아 식습관도 영향을 많이 받았다고

얘네 고사리도 먹음. 미역도 먹음.

리퍼블릭에서 실컷 먹고, 차도 마시고 하염없이 시간 때우며 빈둥거리다 출발 2시간 전, 짐을 찾아 시베리아 횡단열차를 타러 갔다.

단체 관광객이 꽤 많았다. 한국인 단체관광객 40여 명, 일본인 단체 관광객 30여 명, 한국인 약 30여 명, 러시아인 약 30여 명 등 많은 사람이 북적이는 가운데 정신을 놓지 않으려고 노력하며 짐을 정리했다. 하릴없이 시간이 흘렀고 시간 때우려 화장실서 억지로 똥도 때렸는데 돌아와 보니 텅빈 대합실에서 혼자 사색이 된 모……

야!! 우리빼고 다들어갔어!!

107

크윽. 이 많은 사람이 다 시베리아 횡단열차 탈테니 이따 사람 많은데로 따라가기만 하면 된다 했는데 !!! 벌써 기차 와서 사람 다 없어졌다. 으아아 ㅠㅠ (아.. 글씨 왜 이렇게 날아가냐. 배가 와서 손목이 아프다 ㅠㅠ ...)

모와 뒤늦게 짐을 들고 선로로 나갔다. 아니, 그런데.. 선로가 너무 많고 기차도 너무 많다!! 도대체 어디라는 거지!! 게이트 넘버는 알겠는데 거기로 어떻게 가야하는 거야... gate 5 ➡ 이런 표지판도 없어... 게다가 조명도 별로 없어서 뭐가 잘 보이지도 않고 ㅠㅠ 짐들고 사색이 되어 헤매는데 러시아 중년 여성분이 오셔서 먼저 도와줄까 물어보는 거다 ....!! 엉엉.. 감사합니다.. 자기도 그열차 타러가는 중이니 자기를 따라오라 하셔서 안도의 한숨을 쉬며 따라갔다.

엘리베이터 에스컬레이터 그런거 없습니다...

108

무거운 짐 들고 올라갔다 내려갔다 하며 드디어 우리 열차 타는 곳으로 갔다. 심지어 같은 칸이서. 만세!! 열차가 있다고 아무나 막 타선 안되고 타기 전에 차장에게 먼저 검사를 받아야한다. 표 봐마나하는 우리 나라와 달리 엄청나게 꼼꼼하게 표를 본다. 손전등으로 비춰 여권과 표를 대조하고, 자기들이 갖고 있는 서류와 대조한다. 우리 나라 같이 바코드 그런 거 없다. 오로지 매서운 눈, 손전등, 카리스마...

한 없이 작아짐...

두근 두근

이렇게까지 꼼꼼히 볼 필요가 있는가?? 하는 생각이 들 정도의 시간이 지나 드디어 통과.
(거의 7~8분)

우앗....! 이것이 열차 안이구나...! 한 개도
안 보여!! 왜 불을 안 켜주는 거지?? 객차
안엔 일절 아무 불도 안켜져있고 빛은 오로지
창문에서 들어온 가로등 불빛 뿐....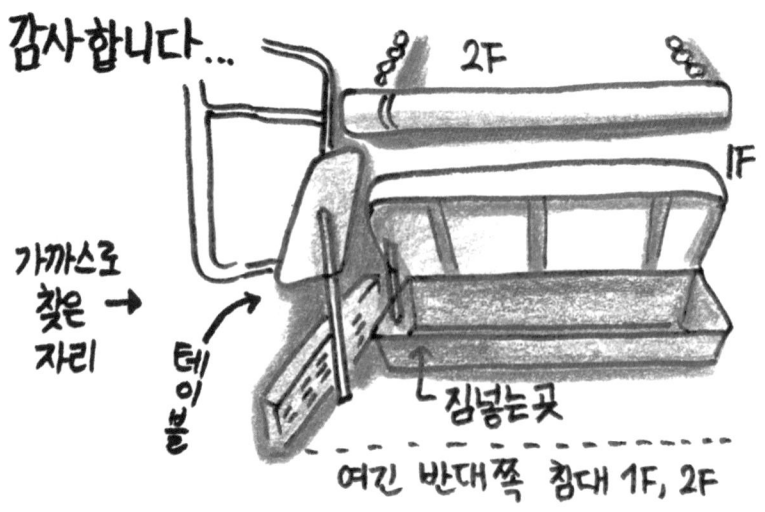
흐엉

그동안 K국의 과도한 서비스에 적응이 된
나로서는 뭐든지 지가 알아서 해야하는 노서아
가 당최 너무 어려운 것이다.

우리가 바보같이 어두컴컴한 곳에서 좌석을
찾느라 생쇼를 하고 있자 아까 길 안내 해주신
분이 다시 오셔서 자리를 찾아주셨다. 흑흑흑.
감사합니다...

2F

1F

가까스로
찾은 →
자리

테
이
블

짐넣는곳

여긴 반대쪽 침대 1F, 2F

110

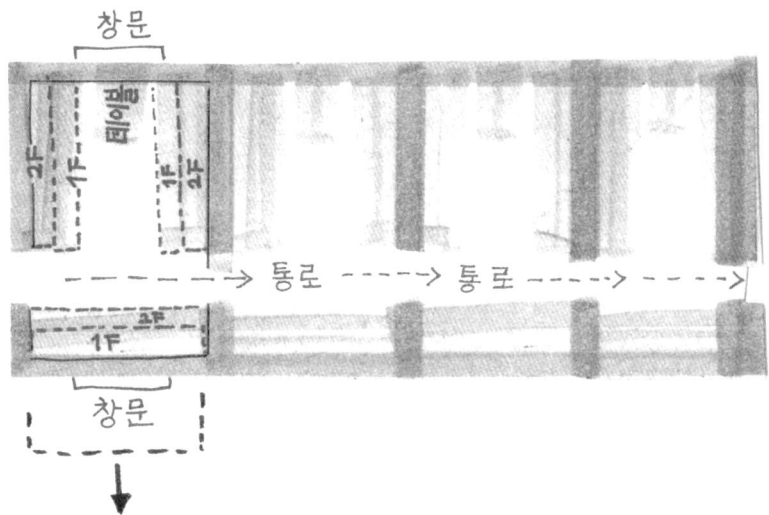

이게 바로 횡단열차의 6인실이다. 말이 6인실
이지, 실제론 54인실 인 것이다. 54명이 쓰는
큰 방에서 4명과 한 텐트를 쓰는 것과 비슷하다.
우린 6인실을 일부러 선택했다. 4인실일 경우
나머지 2사람이 어떤 사람일지 모르니 걱정이됐다.
(4인실은 문이 닫기는 구조) 그래서 우린 6인실의
1층 2층을 선택했다. 보통 1층+1층을 예매한다
고 하는데 그럴 경우 2층을 다른 사람이 예약
한다면 낮에는 2층사람과 1층 침대에 같이 앉아
야한다. 그래서 걍 우리끼리 앉고 눕고가 가능하게
1,2층을 예매한 것 (이래서 낮에도 누울수 있다)

자리를 찾은 것이 끝이 아니었다. 짐넣는 곳에 트렁크를 넣고 뚜껑(=침대 매트리스)을 내려야 하는데 이게 또 안내려가는 거다...
아니, 진짜 이렇게 하나 하나 다 난관에 부딪힐 일인가?? 이것마저도 같은 칸 노서아 분이 도와주셨다. 러시아.. 국가는 불친절.. 국민은 친절♡

드디어 우리의 좌석에 앉았다. 맞은 편 1층엔 남자여행객(국적 모름)이 앉았다. 얼마후 열차가 서서히 움직이기 시작했다. 창문 밖의 가로등 불빛이 성에낀 창문에 어렸다가, 금방 지나간다. 기차의 속도가 점점 빨라지고 있다.

와, 대박

차장이 와서 침대시트와 이불, 베개를 줬다.
수면 3종 세트를 받자마자 착착 움직이는 노서아
사람들.. 좀 더 놀다가 이불펴고 싶어서 가만히
있었더니 차장이 지나가다가 보고 근엄히 꾸짖었다.
(밥. 알겠습니답) 그리하여 다른 사람들을 컨닝해
매트리스에 커버를 씌우고 앉아있었다. 정말 조용
했다. 말 소리 한번 안 났다. 우리도 이건 자야
되는 분위기인 듯, 하며 그냥 자기로 했다.

윗샤
2F
잘
자
1F

→ 2층을 올라가는
것에는 근력과
젊음이 필요함.
우리는 교대로
2층에 자기로 함

2층의 침대는 아주 좁았다. 딱 내 몸(158cm)
에 적절한 사이즈였다. 그렇다고 옴싹달싹 못할
정도는 아니고, 예전에 잤던 고시원 침대같았다.

뭐지... 이 기분은 .... 이 안정감은 뭐지....?
너무 편안해 .. 너무 안전하게 느껴져 ...불편하거나
무서울줄 알았는데 하나도 안 그런데 ??
게다가 기차가 선로 위를 달리는 진동이
너무 기분 좋아 ...! 요람 속으로 돌아간 기분이야!!

두쿵-두쿵- 하는 소리와
콰콰콰 ― 하는
일정한 소리까지
정말 마음이 편해!
뭐지 !!!!!!!

모두 너무 편하다고 메세지를 보냈다. 더 즐기고 싶은데, 안 자고 이 안정감과 행복을 더 즐기고 싶은데 잠이 온다. 걷잡을 수 없이 잠이 밀려 온다.... 나는... 잠이 .... 든다.........

다음 날 오전

우와, 진짜 잘 잤다

에너지

충전 100%

나도 진짜 잘 잤어

꿀수면

나 진짜 몇년간 잔거 중에 제일 푹 잤어

우와.. 정말 상상도 못했다. 기차에서 잠 못 잘 생각이나 했지. 이렇게 잘 잘 줄이야!! 진짜 엄마 뱃속에서 자는 줄 알았네 (오버). 덕분에 너무 깊이 자서 차장이 깨우러 올 때까지 잤다. 일어나 허둥지둥 짐을 싸는 사이, 하바롭스크에 도착 했다.

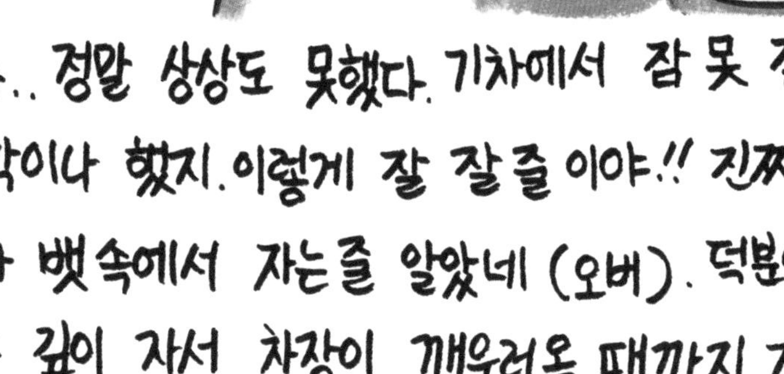

힉! 졸참!!

하바롭스크 역에 내리자마자 눈이 발에 밟혔다.
현재 온도 영하 8도. 끼야아악 개춥다. 트렁크를
끌려고 하는데... 안 끌린다!! 잘착거리는 눈과 얼음
때문에 안끌려!!

기차역
육교
기차
엘리베이터
:
에스컬레이터
:
그런거
지하통로
없다...

↳ 러시아의 대부분 역들의 생김새 :
기차에서 내리면 지하통로를 지나
역으로 올라간다 (육교 별로 없음)

할수 없이 트렁크를 들고 지하통로까지 갔다.
계단 내려오고, 또 올라가고 ~ 그러고보니 러시아
사람들은 트렁크 끄는 사람이 거의 없고 산더미
같은 짐을 그냥 양 손에 들고 간다.

전문 포터
아저씨가
있기는함 (유료)

다음에 러시아 다시 온다면 무조건 배낭이다..
낑낑대며 역에서 나와 미리 예약해놓은 오로라
호텔로 갔다. 인포메이션 직원이 영어 못하는 것을
지나치게 부끄러워 했다. 전혀 개의치 않고 백
프로 러시아어를 쓰는 어른들과 다르다. 나도 못
해요.. 부끄러워 마시라. 우리에겐 구글 번역이 있나니.
방에 들어가자마자 뻗었다. 점심도 기차에서 먹고
남은 것으로 먹었다. 아이구 편하다... 어떻게 끝없는
이동을 하는 여행을 하다니!! 이래서 시베리아
횡단열차를 타도 중간에 가끔 내려야하는구나.
베이스캠프가 필요하다.

진정한 휴식,
Wifi와 함께)
....

한참 쉬고 오후 3시쯤 되니 살짝 나갈 마음이 생긴다. 구글 지도를 검색해 버스를 타고 아무르 강변으로 향했다. 하바롭스크는 블라디보스톡에서 남한 길이보다 더 멀리있는 소도시다. 그렇지만 러시아 전체 길이로 보면 아주 가깝게 붙어있다. 징그럽게 큰 러시아여... 하바롭스크까지도 제법 한국인 관광객들이 오는 모양이다. 이 도시에도 열심히 보려고 하면 볼게 많겠지만 딱 볼 수 있는 만큼만 봐야지. 버스를 타긴 탔지만 안내방송도 없어, 벨도 없어, 눈치껏 남들 내릴때 내렸다. 아이고, 한 정거장 빨리 내렸네. 금색의 지붕을 지표 삼아 예수변모 성당을 찾아갔다.

121

ПАНИХИДА

러시아정교의
십자가

예수변모성당 →

Спасо-Преображенский
кафедральный собор

성당에 비치된
기도제목 쓰는 메모지.
(추정임) 써서 옆에
있던 통에 넣는 듯.
예수변모성당은
지은지 20년이 안된
새 성당이다. 안에 있는
이콘과 성물도 다
새것이다. 예수변모
성당에서 나와 조금
걸으니 '대조국 전쟁
기념비'가 있다.
러시아의 도시에는
대부분 전쟁기념비가
있는 것 같다. 그리고 그곳에는 무명용사들의 영혼을
기리는 '꺼지지 않는 불꽃'도 반드시 있다.
정말 안 ←
꺼진다고.

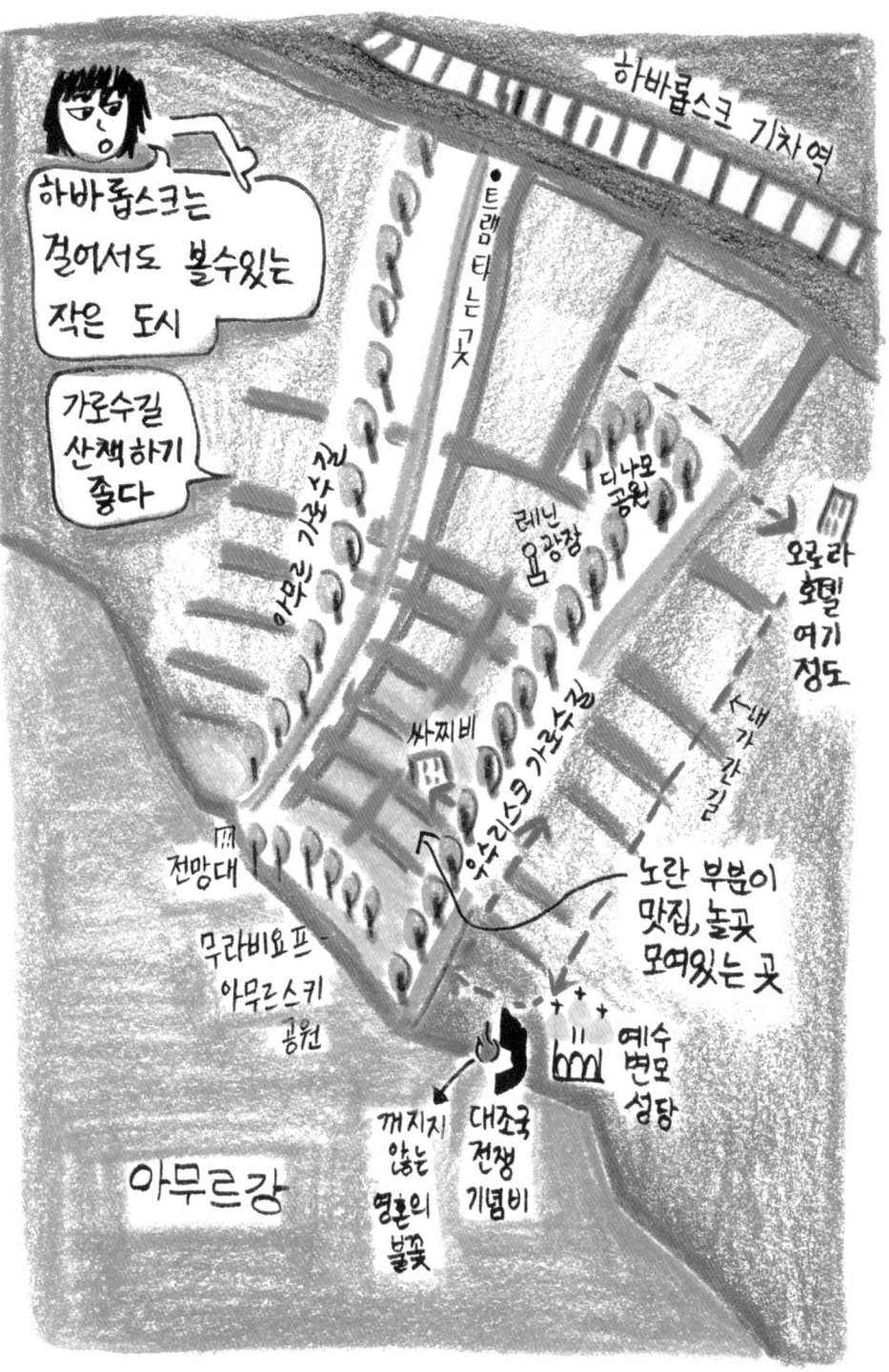

가로수길을 따라 산책했다. 죽도록 춥지만, 풍경은
너무 좋다. 지금은 앙상한 나무들이지만 여름엔 정말
보기 좋겠지. 공원 곳곳에 사람들이 만들어놓은 새집도
많다. 러시아 사람들 뭐지... 다정하네....

새모이
판

페트병으로
만든 새집

신발상자로
만든 새집

(이런게 한두개가 아니다)

절에서 맛집으로 소문난 싸베지 식당으로 갔다.
조지아 식당이라 블라디보스톡의 수프라와 메뉴는
비슷하지만 가격은 무려 절반...! 나오는 것마다
다 맛있다. 미쳤네 미쳤어. 그중에서도
라즈베리 쥬스는 진짜 빙 돌아버린
미친 존맛이다.....! 오, 쉣!!

너무 맛있어서 각자 한 잔씩 더 시켰다. 다른 테이블
사람들 보니 1리터씩 시켜먹네.. 그럴만해. 그럴만해.

싸비지의
마크가
그려진
민트

허니케이크

샤슬릭

맛있다!
맛있어!

조지아식
가지요리

여기도 어김없이 '나를 싫어하는 것 같은 직원'이
있다. 보면 러시아 사람들은 웃지 않는다. 러시아
여자들도 웃지 않는다. 우리나라처럼 '서비스직 여성
이 웃어야지...'이런 거 없어. 첨엔 나를 싫어하는것
처럼 느껴지지만 겪어보면 일은 그저 열심히
한다. 친절도 하다. 안 웃는 것 뿐이다.

오기 전에 책에서 읽은 건데, 러시아는 서구의 다른 나라들과 다르다. 러시아 사람들은 웃지않는 무표정을 사람의 기본표정으로 생각한다고 한다. 그러니 모르는 사람과 눈이 마주쳤을때도 웃지 않는다. 만약 웃는다면 러시아인들은 되려 불안해한다고 한다.

러시아 여자들 기본 표정

나는 낯선 이방인이니 안전하다는 웃음을 보내자

아니, 저 사람 나보고 왜 웃지? 내가 웃긴가?

처음 보는 사람이 왜 나를 보고 웃지?

왜 웃는거야? 웃을 상황도 아닌데 불안하게?

그동안의 사회분위기가 워낙 살벌하고 웃을 일이 없다보니, 웃는 것이 오히려 비일상이 된 것 같다. 그대신 러시아 사람들의 웃음은 100% 진심이라고 한다. 웃고싶을 때만 웃을 수 있는 권리가 있는 나라라고. 그래서 처음은 딱딱하고 무섭게도 느껴지지만 알고보면 따습은 나라 그런 나라.

이미 난 그사실을 알고 왔기에 절대 허투루 웃지 않았다. 캘리포니아나 치앙마이에선 항상 입꼬리를 올리고 있었지만 여기서는 철저히 단속 중이다.

표정관리. 눈인사. 스몰토크 없는 러시아.. 행복...

적성에 딱 맞아

막심타고 다시 숙소로 돌아와 이것저것 하다가 늦게 잤다. 다음 날 아침 일어나 씻고 짐싸고 조식 먹었다. 러시아식 먹을 수록 내 입맛에 딱 맞네. 체크아웃하고 러시아에서 목숨만큼 중요하다는 거주지 등록증 받았다. 외국인들에게 발부되는 것인데, 이 사람이 어디서 어디로 이동하고 어디서 머무는지 확인할 수 있는 작은 종이쪼가리이다.

호텔에서 묵으면 자동으로 체크되지만, Airbnb
숙소같은 곳에선 해주지 않는다. 내가 러시아에
머무는 동안의 행적이 불투명하면 출국할때 출국
금지가 될수도 있다는 무써운 상황!! 기억하자..
러시아 장기여행 ... 거주지 등록중 ... 잃어버리면
정말 정말 곤란.... 개고생.... 꼭 기억......
짐을 들고 다시 시베리아 횡단열차를 타러 갔다.
이번엔 바이칼호수가 있는 이르쿠츠크까지 이틀
동안 간다. 두 밤을 기차에서 꼬박 뱄다.
끼얕!! 기차 너무 좋아!
기차 너무 설레!! 아직도
한참이나 더 탈 수 있다니 행복하다.

기차..
기차!!

하바롭스크 역에서 또 잔뜩 헤매고 (역시나
방향표지판, 안내..그런 건 없다) 기차를 탔다.
우리 표 자리로 갔는데 다른 사람이 앉아있고
차장이 니 표 무효라고 그러고, 말은 안 통하고

번역기로 겨우겨우 대화에 성공해 자리를 다시 찾는
사소한 일도 있었다 (앞으로 이 기차에서 일어날
다른 사건들을 생각하면, 이 정도야...)

짐 풀고 2층에서 한 숨 잤다. 역시 기차에서 자는
잠은 꿀잠이야.. 일어나자 이번엔 모가 2층으로
올라가 잔다. 앉아서 바깥풍경 보며 일지쓰기 시작
했다. 며칠을 밀려서 쓰는데 한참 걸렸다.

내가 여행갈때 마다
쓰는 여행일지. 하루를 아침,
오전, 점심, 오후, 저녁, 밤으로 나누어
뭘했는지 상세히 쓴다. 나중에
이걸 보고 그림으로 다시 그린다.

언젠간
굿즈로 만들
이야지
↑

_월_일

아침	일어나 씻고 조식
오전	떡 있는데 거이트
점심	못찾아
오후	기차 안에서
저녁	환승
밤	1번드위치 도시락

_월_일_요일
일지

+

그림
기록

+

사진기록
참조

여행기!

내손으로
RUSSIA

기차는 별로 빠르지 않다. 바깥풍경은 제법 천천히 흘러가 충분히 볼 수 있다. 바깥만 보는데도 너무 재밌다. 풍경이 계속 바뀌는 창문이라니.

창문 밖으로 보는 시베리아는 넓다. 그리고 낮다. 산이 별로 없이 끝없는 하얀 평원이다. 그러다가도 산이 불쑥 다가오는 때도 있다. 역을 벗어나면 인가가 거의 없다. 눈이 내린 채로 멈춘 하얀 풍경. 길게 서 있는 높은 자작나무의 가지를 본다. 심은 사람도 돌보는 사람도 없는데 곧고 아름답다. 기차 안은 아주 조용해 나만 깨어있는 것 같이 느껴진다. 하지만 아니다. 러시아 사람들은 이런 평화로운 지루함에 익숙한 것처럼 아무 것도 하지 않는다. 한시간이고 두시간이고 아무 것도 안하고 밖을 보고 있다. 평화롭다. 즐겁다. 내 눈 앞엔 끝없이 동영상이 흘러간다.

이 동영상은 자극도 블루광선도 없다. 채널을 돌리고
싶으면 눈을 감거나 고개를 돌리면 된다. 피곤하다
면 누워서 볼 수도 있다. '채널 시베리아'를 영원히
구독하고 싶다.

앞에 앉은 젊은 남자는 끝없이 자다가, 일어나
도시락까먹고, 멍때리다가, 다시 자고, 일어나 먹는
것을 반복하고 있다. 나를 쳐다보지도, 말을 걸지도
않는다. 이렇게 편안할 수가!! 그와 우리는 한공간
에 있지만 완벽히 분리되어 있다.

133

차장에게 가서 러시아 국민라면이라는 '도시락'과 갑자 샐러드 (물붓고 저으면 변함)를 샀다. 점심으로 먹고 책 보다 잤다. 앞의 남자도 찹찹 먹는다. 여전히 그와 나는 시선 한번 마주치지 않는다. 이렇게 편할 수가! 이렇게 쾌적할 수가!! 러시아 만세!! 횡단열차 만세!!

근데 역이 다가와 3G 데이터가 터지기 시작하자 갑자기 미친듯 시끄러워진 기차 안.. 모든 사람의 핸드폰이 최고 음향으로 설정되어 있는 건가...! 버튼 누르는 소리, 삘 소리, 게임소리가 고막을 찌르고 우리 앞자리 남자도 음향 10으로 동영상을 보고있다. 아니 이 사람들 뭐야....

야, 저 사람 고막 나간거 아니지?

이때까지 그냥 강제 조용이었나봐

뽕 뽕푸악 기야 퍽 퍽 퍽

다행히 역을 지나자 다시 조용해진 기차 안...
휴.. 다행이다. 3G 안 터져서.... 영원히 안 터져
야돼.... 다시 조용해진 기차 안에서 한 숨 자고
일어나자 해가 지고 있었다.

일르쿠츠크행
시베리아 횡단열차

기차 안에서 보는 노을이라니. 다 됐다. 다 됐어.
저녁으로 샌드위치를 만들어먹고 아이스크림도 먹었다.

↖ 정차한 역에서 삼

빵 + 햄 + 치즈 + 꿀 → 존맛 ♡

어두워질 때쯤 울란우데에 도착했다. 울란 우데는 몽골제국의 후손인 부랴트족이 많이 사는 곳이다. 부랴트족은 우리 나라 사람과 비슷하게 생겨서 한국사람이 러시아말을 잘 하면 부랴트족이라고 생각한다고 한다. 울란우데는 제법 큰 공업도시라 많은 노동자들이 탔다. 우리 앞의 강제조용 남자도 내리고 순식간에 기차 안이 노동자들로 꽉 찼다! 이 사람들은 모두 같은 곳에서 일하는 사람들인지 서로 다들 알고 친해보였다. 우리 맞은 편에는 보스 스멜을 풍기는 할아버지와 젊은 남자가 탔고, 건너편에는 부랴트족 아저씨가 앉았다. 이 3명은 서로 친하고 성향도 비슷해보였다. 역시나 지금까지 겪었던 사람들처럼 우리를 쳐다보지 않고 마치 다른 세상에 있는 사람같이 대했다.

그리고 나는 그후 알게 된다..
멀쩡한 러시아남자는 외국인 여자를
빤히 쳐다보지 않는다는 걸\\

화장실에서 씻는 거 불편해서 클린징 티슈와 물수건
으로 얼클 닦고 스킨 바르고 잤다. 이날도 대꿀잠.
아침엔 사람이 더 많아졌다. 어제 탔던 노동자들과
비슷한 차림의 남자들이 더 타서 완전 한 칸이
공장 앞 부대찌개집 같은 느낌이다. 시끌시끌하네
사람 사는 거 같네 - 하면서 모와 조용히 1층에
앉아 책 읽고 있었는데.

우리 앞은편 2F
한배

우리 맞은편
1F 아저씨

술냄새 풍기는 남자들이 와서 뭐라뭐라 그러는 거다.

첨엔 '기차 안에서 사교인가' 하며 대답을 해주려 하는데 전혀 말이 안 통하는 거다. 할 말도 없으면서 히죽거리며 사람 구경하는 것 같은 기분이었다. 그러고보니 어느새 열차의 남자들이 우리를 보며 히죽대고 있는데 마치 둘러싸인 것 같은 느낌이 났고 … 허락도 없이 우리 좌석에 앉더니 바짝 몸을 붙이며 얼굴을 들이대는 거다! 옆이고 앞이고 아주 다들 술판이 벌어졌다. 술병 들고 이리 갔다 저리 갔다 하며 계속 왔다거리며 우리가 마치 바에 앉아있는 여자라도 되는 양 징그럽게 구는 거다!! 그래서 처음엔 "NO" 이러다가 나중엔 "가라고!!" "아저씨, 취했네, 가라고요, 네??" 하며 한국 말로 큰 소리 내며 손을 쉭쉭 휘둘렀다. 그런데도

이죽이죽 웃으며 맞은 편에 앉아서 몸을 툭
치질 않나, 같이 사진 찍자며 어깨를 끌지않나
시발 ㅠㅠㅠㅠ 이게 뭐야 너무 무서워..뭐야. 미친
놈들아!! 여자 둘이 너무 무력하게 느껴지고
이 당연하다는 분위기가 너무 혐오스럽다 ㅠㅠ
다행히 같은 칸 할배 아저씨는 전혀 협조하지
않고 있긴 하다... 아,진짜 뭐야. 이런 미친 상황
은?? 막 소리내 엉엉 울고 싶을 지경인데
모와 나, 서로가 서로를 지켜줘야 하기에 꾹
참았다. 우리 둘이라도
지금 한 덩어리여야돼
ㅠㅠㅠㅠ

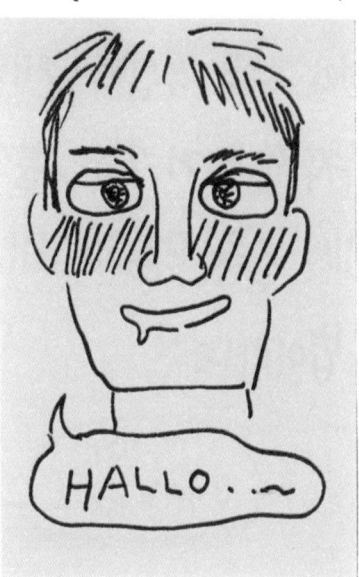

러시아남자들
술취한 표정

(주)당시 입은옷 : 3일 입은 추리닝+
등산잠바. 쌩얼. 머리도 안감음

동네 작은 역에 기차가 섰다. 철길에 중년여자
들이 감자며 튀긴 빵이며 먹을 것들을 팔고있어
우리도 같이 나가 찐감자를 샀다.
이 와중에도 늙고 이빨이 다 빠진
술취한 할배가 와서 끌어안으려고 했다. ㅠㅠ
다 꺼져. 시발새끼들아 ㅠㅠ "악!" "씨발!" 하며
한국어로 쌍욕을 하자 그제서야 물러간다. 그리고
감자파는 아줌마에게 추행을 하려고 더듬거린다.
인간이야 저게??? 무슨 동물의 왕국도 아니고
정말 너무 무섭다. 제일 무서운건 아무도 도와
주지 않을 거 같은 분위기다. 아니, 저리 기차안
에서 술을 먹는데 왜 아무도 뭐라 안해??
불법이라며!!

기차가 출발하고, 여전히 개판이다. 옆에 앉으
려는 사람을 쫓아내고, 앞에 앉아 추파를 던지는
놈에게 한국어 욕을 한다. 10명이 왔다갔다.
이게 말이 되냐? 나중엔 정도가 지나쳐 몸에 손을
대려고까지 하고, 어떤 미친 놈은 모호연 손에 입술
을 맞추려고 했다!!!!

악!!!!...

씨
발!!!!

개씨발!!!
안 꺼져??

가! 이 개새끼야

↑
심지어 이 새끼 모호연이 손
뿌리쳤는데 중심 잃은 척 하며
허벅지에 머리 대려고 함!

우리가 소리를 지르며 개쌍욕을 하니 물러나는
척을 하고...(양놈들 양 손들며 워워워 하는 그거)

141

엉엉엉 ㅠㅠ 다행히도 일이 커지자 자고있던
우리 맞은 편 2F 할배가 일어나 아래를 보고
고함을 치며 엄청 소리를 질렀다.

딱 들어도 쌍욕 .....

(뭐 이렇게 시끄러워
조용히 안해? 씨발새끼들
어딜 추잡하게 자랄이야 여기가
술집이냐? 개새끼들 아까 일도 시원치않게
해서 맘에 안들더니 어디서 개주정이야
기계 돌아갈때 머리를 쳐넣던가 해야지
다 꺼져 이 후레 자식들아, 안꺼져? 안 가?
꺼져 이개새끼들아 눈에 띄지도 마. 눈에
보이기만 해봐. 씨발 저런 놈들이 일을 한다
네 모가지 바이칸 호수에 잠수시켜야돼 시발)

대략 →
이런
느낌
이다
:

142

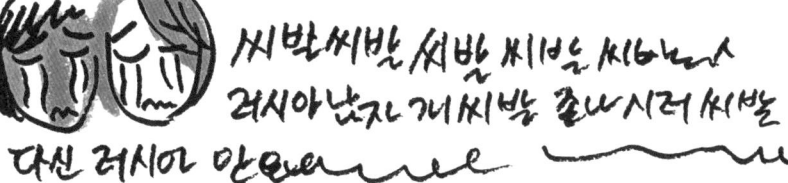

씨발씨발 씨발 씨발은 씨바느스 러시아낳지 개씨발 존나시러 씨발 다신 러시아 안ㅇ~~

그 후 우린 아예 눕기로 했다. 아예 누워서 이불 뒤집어 쓰고 시선, 말, 자리를 차단 하자는 ... 나는 2층으로 올라가고 모가 1층에 누워 이불을 덮고 누웠다. 둘다 마스크도 썼다. 2층에 올라오니 안전 해서 살 것 같았다..... 엉엉엉엉엉 .... 나중에 알고 보니 그나마 눕고나니 말거는 사람은 없었고 침대에 앉으려는 사람은 욕하며 발로 궁디를 찾 다고 한다. 이렇게 강해지는가.. 동물의 왕국의 개진상 '술취한 러시아 남자'는 그후에도 변화 없이 술먹고, 소리지르고, 떠들고, 노래부르고, 서로 싸우고 온갖 개지랄을 다했다. 최대한 안 보이게 이불로 가리고 있었더니 반사작용 (여자를 봤다 → 찝쩍거리자)이 그나마 안 일어나는 모양이다.

진짜 ... 문명국가에 어떻게 이런 일이 있지 ??
너무 야생적이고 원초적인 느낌이었다. 주변 신경도
안 써. 아무도 이상하게도 생각 안 해. 러시아여자
들 드세다고 책에 써놓은 놈아. 러시아 남자가 이런데
여자가 안 세면 생명이나 부지하겠냐 ?!
무슨 동물도 아니고 뭐 이런 나라가 다 있어. 내가
러시아 다시 오면 인간도 아니다. 진짜 당장
집으로 텔레포트 하고 싶다.
그 어느 책에서도 이런 걸 본적이 없다. 다들 너무
즐거웠고 사람들도 너무 친절하단다. 당연하겠지.
니들은 남자잖아... 여자가 사는 세상과 남자가
사는 세상은 다르다. 여자가 타는 시베리아 횡단
열차와 남자가 타는 시베리아 횡단열차는
다른 거다. 같은 기차를 타도 다른 것을 경험
하게 되는 거다. 훗.......

모멸감...

144

그 후 성희롱은 없어졌지만 대신 우리 칸 아저씨들이 밤새 술 먹고 수다 떠느라 잠 제대로 못 잤다. 하이구.. 고난의 연속이다. 러시아 사람들 특히 남자들 존나 과묵하게 생겨가지곤 진짜 말 엄청 많다.

러시아 사람이 조용해보일 때.. 그땐 단지 말할 사람이 없어서 그런 것은 아닌가?

아침에 아저씨들은 모두 떠났다. 대신 가족관광객이 잔뜩 탔다. 만세! 다시는 내 앞에 남자가 타지 않기를!! 내 앞에는 백발의 할배가 앉고 그 뒤에는 딸과 손녀들이 탔다. 손녀들 너무 귀엽고 할아버지와 사이도 너무 좋다. 괴로운 마음이 정화되는 것 같구나....

이힛!! 끼야아아 아아악

팍 퍽!

우하하 까르르륵

아 존나 시끄러...

145

하.... 애 3명이 계속 반대쪽에서 침대벽 쿵쿵
거리고 자는 할아버지 앞에 와서 비명지르고
새된 소리, 돌고래비명, 고막공격 .... 아. 정말
스트레스 받아 미칠것 같다. 아니다, 어제를
생각하면 이깟게 스트레스라고 뭘. 흑 ....
(기차 안 사람 단 1명도 애들한테 조용히 하라고 안 함...)

서서히 바이칼 호수가 보이기 시작하더니, 이젠
바이칼 호수를 따라 기차가 달리고 있다.
호수라고는 믿을 수 없이 엄청나게 넓은 호수.
하얗게 꽁꽁 언 호수를 따라간다.
드디어 이르쿠츠크에 거의 다 왔다. 꼬박 이틀을
열차 안에서 자고, 이제 역에 내린다.

가자

146

척 척

7,841,600 +
457,000 +
120,050 =
8,418,650

사람들 암산 잘함

쪼옥 쪼옥 연인들, 아무데서나 스킨십함.

Kaφe 와
가 페
Cafe 는 차이가 있음.
카 페

다방?
좀 구수한 느낌.
밥도 팔고.

젊은이들이 가는 현대식 커피숍

여권 좀

건조해서 낀 것임.

마스크끼면 의심당함.
열차에서 여권검사 당함.

나라가 넓으니 그럴지도...

사람들 담배 많이 피움

조——용

오!

블라디보스톡 벗어나면 한국사람 정말 희귀함

상점가, 길거리, 몰 등에서 음악 거의 안 틈 (좋아!)

음료를 천천히 마셔야 함. 다 마시면 치워버림
(러시아 미신에 빈 컵, 빈 접시 테이블에 놔두면 재수없다고 함)

147

바이칼호수 근처에서
물건을 사고 받은
비닐봉지

БАЙКАЛЬСКИ

СУВЕ

БАЙ
Б А Й
К

ОСОБЫЙ

молочный шоколад с особым вкусом

КРУПСКОЙ

ФАБРИКА ИМЕНИ

— С 1938 —

ИГРЫ

мое небо

초콜릿

신

마트에서

3 여정

내가 호수에
서있다니!

카잔...
그곳은
맛있는곳...

ИРКУТСК

이르쿠츠크

칙칙하다.
칙칙해...

리스트비얀카

예카테린부르크

콩
번갯불

카 잔

토) 이르쿠츠크 도착!

일) 바이칼호수!!

월) 제발
또

기차에서
그런 일이
없길...

화) 기차 안

수) 예카테린 부르크

목) 카잔
도착!!

150

이틀 만에 기차에서 내렸다. 바이칼호수가 있는 이르쿠츠크 이다. 더이상 술주정뱅이 러남들하고 한 공간에 갇혀있지 않아도 되다니 너무 좋군...!

한 기차에 탔었던 일본인 노리코상과도 마지막 인사를 했다. 노리코 상은 신주쿠에 사는 타로이스트인데 바이칼호수 알혼섬에 에너지를 받으러 간다고 한다. 엄청나...! 알혼섬은 세계 7대 에너지 스폿으로 유명하다고 한다. 전세계 샤먼들이 정기를 받으러 가는 곳이라고. 나도 가보고 싶지만 일정상 무리라 아쉽다. 흑흑.

NORIKO

이르쿠츠크에서 2박을 묵을 집은 타마라 할머니 민박집이다. 정말 가정집 방 하나에 묵는 진정한 airbnb다. 타마라는 평생 해외에 나가본 적이 없다고 한다. 한겨울에 길에 쓰러진 여행객을 집에 데려와 보살펴줬는데, 그 여행객이 타마라에게

151

airbnb 계정을 만들어 주고 숙소 호스트가 되길
권했다고 한다. 그래서 타마라는 러시아의 자기집
에서 머무르며 전세계의 여행객을 만날 수 있는
것이다.  (엄청 기대된다 ♡)

이르쿠츠크 역에서 타마라 집까지는 구글 지도상
걸어서 10분이라 택시를 타지 않고 걸어가기로
했다. 그..그런데... 그

10
분
이
.
.
.
.

오씨...ㅠㅠ 그냥 올라가기도 힘든 눈쌓이고 질척
대는 가파른 계단을 트렁크를 들고 올라가다니 ㅠㅠ
미쳤지 미쳤어 내가 ㅠㅠㅠ 이미 돌아가기도 늦
었다. 욕을 욕을 하며 올라가고나니 사람이 거의 살지
않는 으슥한 주택가라 무섭기까지 하다. 이 와중에
트렁크는 당연히 끌리지도 않아 다시 들고 이동시작..
가까스로 타마라의 아파트 앞까지 가 타마라에게
전화를 하고 만났다! 와아아!! 실제로보니
할머니라 하기엔
젊음.

타마라의 집은 우리나라의 옛날 주공아파트와 비슷한
느낌이었다. 러시아는 소련시절 인민들에게 집을
줬었고, 그래서 러시아의 중년층은 대부분 자가가
있다고 한다. 경제가 어렵다, 삶이 어렵다고 해도
러시아사람들이 실제 가난하게 살지않는 건 다들
자기 집이 영구히 있기 때문일지도. 게다가
소련이 한창 잘나갈땐 인민들에게 여름별장을

배분하기도 했다고 한다. 이 여름별장에서 주로 텃밭
농사를 많이 지었고, 여기서 나는 농작물 덕분에 식량
위기를 그럭저럭 넘기기도 했단다.

호오...
그래서 러시아
채소 요리가
많나?

타마라도 텃밭농사를 지어서,
텃밭에서 나온 채소로 아침을 제공해준단다. 오예!
내일 아침이 기대된다!

방에 짐을 갖다놓고 거의 3일 만에 씻었다. 와...
살거같다... 그동안 물티슈로 얼굴 닦다가 드디어
뜨거운물로 몸을 지지는데 너무 행복하다. 씻고
조금 쉬었다가 이르쿠츠크 시내를 구경하러 밖으로
나갔다.

집들이 오래 되고 부수어지거나 사람이 살지않아
보이는 집들도 있었다. 길에 사람들은 거의 없고
아이들만 몇명 서로 장난을 치며 놀고있었다. 집집
마다 오래된 창문이 너무 예뻐 사진도 찍고 잠시
발을 멈췄는데 ...

· · · · · · · ·
· · · · · ?

초..초등학생들이 잭나이프를 갖고 장난을 치고
있는 거다!! 한놈이 친구(?)를 뒤에서 칼로 위협
을 하는데 주변 애들은 같이 낄낄거리고 ...뭐야,
저거 지금. 순간 놀라서 시선이 머무르고 칼든
놈과 눈이 마주쳤다...!

어른인가? → 쫄보군ㅋ

155

첨엔 흠칫 놀라던 놈이 순식간에 표정을 바꾸며 나에게 "헬로!!" 하며 소리를 질렀다. 그리고는 날 보며 어쩌구 저쩌구 빈정대며 중얼거리더니 칼을 자기 팔에 갖다대며 토막치는 시늉을 하는 것이었다!! 그러면서 실실 웃는데… 너무 공포스러워 식은 땀이 주룩 흐르고 머리가 하얘졌다. 뭐야, 이 미친 새끼들은? 그때 모가 내 팔을 잡으며 "조용히 해, 이놈들아!" 하고 한국어로 소리를 질렀다. 그리고 "아무렇지도 않게 걸어" 하고 나를 잡고 걸어갔다. 그새끼 옆을 지나가는데 혹시나 옆이나 뒤에서 칼로 푹 찌를까봐 무서워 죽는줄 알았다 ㅠㅠ 꼬마들(?)은 뒤에서 빈정댔지만 따라오진 않았고 모는 멀어진 후에 한 차례 더 고함을 질렀다.

뭐, 이 새끼들아!!!

그제서야 애들은 조용해졌고 우린 빠르게 길을
따라 내려갔다. 시발, 뭐야. 이거. 내가 뭘 겪은
거야. 무슨 애들이 이래. 러시아 뭐야 진짜.

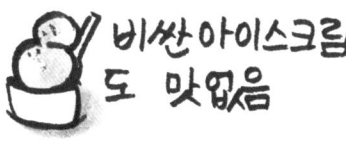

엉엉엉... 울고 싶다. 이르쿠츠크 뭐냐. 진짜...
심지어 공기까지 안 좋다. 흐리고 뿌연 하늘에
매캐한 매연까지...

몸과 마음의
정화가 필요해..

다음 날, 바이칼호수가 있는 리스트비안카에 가기로
했다. 중앙시장에서 리스트비안카행 봉고를 탔다. →마을버스 같은 거
버스 안에 한국사람도 있어 그나마 안심이 됐다.
이제 한국사람 있어 짜증난다 그런 소리 절대
하지 않으리... 손님을 가득 싣고 버스는 광란의
질주를 시작했다. 감속도 없이 도로의 구멍이나 과속
방지턱을 붕 뛰어넘고, 쉴새 없는 추월과 차선
바꾸기.... 몸이 미친듯이 흔들려, 차가 미친듯이
흔들려. 귀가 찢어질 것 같은 러시아 테크노
뽕짝과 황천길, 아니 바이칼호수로 대질주.

덜덜 덜덜 덜

멀미로 거의 토할 때 쯤 되어 우린 간신히 리스트 비얀카에 도착했다. 맑은 공기를 마시니 그나마 좀 살 것 같았다. 토할것 같은 속을 진정하기 위해 아무 가게나 들어갔다. 블린과 커피를 마시는 집이었는데 개업한지 얼마 안되었는지 사장님들이 아주 어색해 보였다.

손님이 와버렸다
어쩌지...

커피

음~ 맹물이야~

달콤한 라즈베리 소스

아주 얇게 부친 블린. 마치 부추없는 부침개 모습

오, 블린은 되게 맛있어!

그래도 뭘 먹고나니 기운이 생겨 호수로 갔다.
아니, 호수로 갔다는 표현은 맞지 않는다. 우린
이미 호수에 있었고, 이제 호수의 물 위에
올라섰다.

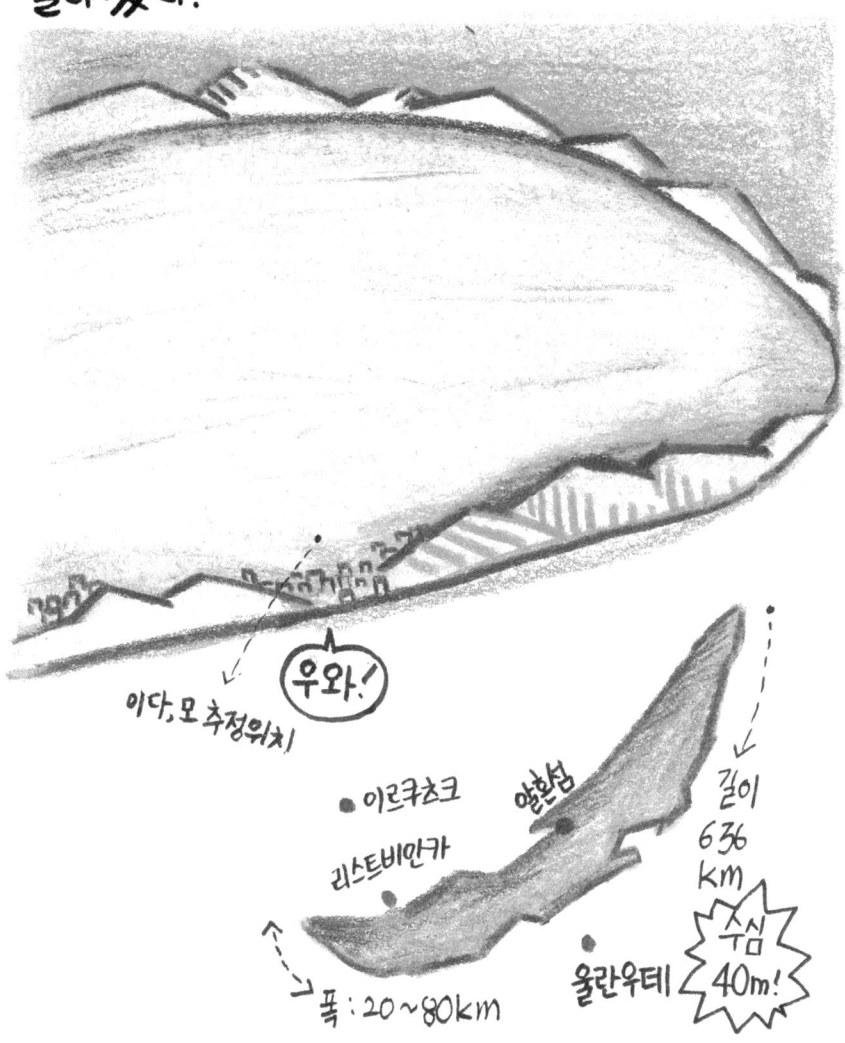

우와!

이다, 모 추정위치

이르쿠츠크   알혼섬   길이
636
km
리스트비얀카
수심
40m!
폭 : 20~80km   올란우테

발을 올리자마자 꽁꽁 얼어버릴 정도로 추워
보였는데 의외로 따뜻했다. 엄청난 햇빛이 눈에
반사되어 모든 곳이 희게 빛났다. 처음엔 너무
눈이 부셔 제대로 보이지도 않았다. 한참 얼음
위를 걸으니, 겨우 적응이 됐다.

걸을 때마다 단단한 눈이 밟혀 뽀드득 소리를
낸다. 눈을 발로 비벼 치우려고 해봤지만 생각
보다 얼음에 찰싹 붙어 얼어있다.
공기가 너무 맑다. 구름 한 점 없다. 깨끗하다.
10분을 걸어도 인간과 마주치지 않았다.
세상에 호수와 나 뿐인 것처럼 걸었다.

눈이 걷혀 얼음이 드러난 곳이 있었다. 얼음은
마치 보석 같았다. 이렇게 맑고 깨끗할 줄이야!
청록색의 얼음이 저 아래까지 있다. 기포들이
장석처럼 촘촘히 박혀있다. 얼음이 깨졌다가
다시 언 흔적들도 보인다. 이 얼음을 그대로
갖고 싶다. 하지만 절대 저 색을 가질 순 없겠지.
또 보려면, 또 오는 수 밖에 없겠다.
지칠 정도로 멀리까지 걸었지만 얼마 가지도
못했다. 지쳐서 식당에 뭘 먹으러 갔다. 다들
오물(바이칼에 사는 생선 이름) 아니면 샤슬릭
볶음밥을 팔고 있다. 나름 신중히 식당을 골랐는데
별 맛은 없었다. 해가 지기 전에 버스를 타고
다시 이르쿠츠크 시내로 돌아왔다. ↗붉은색
선팅이 된
버스

БАЙКАЛЬСКАЯ

ВОДА ПРИРОДНАЯ ПИТЬЕВАЯ

0,5л АРТЕЗИАНСКАЯ ГАЗИРОВАННАЯ

NATURAL DEPTH OF MORE 1729 FEET · ARTESIAN WELL · BAIKAL WATER

БАЙКАЛЬСКАЯ

ВОДА ПРИРОДНАЯ ПИТЬЕВАЯ

0,5л АРТЕЗИАНСКАЯ НЕГАЗИРОВАННАЯ

БАЙКАЛЬСКАЯ

ВОДА ПРИРОДНАЯ ПИТЬЕВАЯ

0,5л АРТЕЗИАНСКАЯ ГАЗИРОВАННАЯ

БАЙКАЛЬСКАЯ

ВОДА ПРИРОДНАЯ ПИТЬЕВАЯ

0,5л АРТЕЗИАНСКАЯ НЕГАЗИРОВАННАЯ

Вода природная питьевая «Скважина 2-РЭ» под ТЗ «БАЙКАЛЬСКАЯ». Газированная. Первая категория. Артезианская скважина 2-РЭ участка недр пресных подземных вод «Каштаковский», расположена в г. Иркутск. Общая минерализация не более, г/л — 0,7. Общая жесткость не более, мг экв/л — 7,0. Химический состав воды не более, мг/л: Анионы, мг/л: гидрокарбонаты 400, сульфаты 150, хлориды 150. Катионы, мг/л: кальций 130, магний 50, натрий 150, калий 50. Хранить в затемненных помещениях при температуре от +2°C до +20°C. После вскрытия продукт хранить при температуре от +2°C до +6°C не более 7,0 суток из расчета на упаковку. Срок годности 12 месяцев со дня розлива. Методы обеззараживания: УФ-обработка. «Байкальская» — зарегистрированный товарный знак. Изготовитель: Акционерное общество «Иркутский завод розлива минеральных вод». Место нахождения изготовителя: 666030, Россия, Иркутская обл., г. Шелехов, квартал 6, 16а. Адрес производства: 664019, Россия, г. Иркутск, ул. Каштаковская, 17. Тел.: 8 800 70000 38 (звонки по России бесплатно). www.irkvoda.ru

EAC PET

4 607154 510933

4 607154 510568

개수 없이 아이가 마실 만큼 깨끗한 물 / 우리가 자연에서 살아있는 물을 선택했습니다 / 깨끗한 자연이 만든 자연 그대로의 천연수

중앙시장에 내려 시장 구경했다. 슬쩍 봤을 땐 좋은 게 많아보였는데 가까이서 보니 왜 이렇게 다 구리고 낡았지? 동묘 재고를 사막에서 질질 끌고온 것 같은 먼지가 가득.. 솔직히 동묘에 드나들다보니 전 세계 시장 어딜 가도 성에 안 차는 느낌이다.

시장은 역시...
동!묘!

카페에서 맛없는 밥을 먹고 꽃집에서 타마라가 생각나 꽃다발을 하나 샀다. 밤길이 무서워 9시도 안 되어 다시 타마라의 집으로 들어왔다 타마라에게 꽃을 주니 아이처럼 기뻐하면서 웃고, 포옹도 받았다!! 이렇게 좋아해주다니.

여러 안 좋은 일이 있었지만 타마라의 따뜻함으로 치유되는 느낌이다.

러시아...
다시 좋아할 수 있을 것인가

다음 날, 타마라의 주방에서 아침을 먹었다.
식사는 소박했다.

평화롭다...

냉장고 TV>
카운터

창문

식탁

의자

코너
소파

복도 ㅡ문이없다.

→ 신발장,
코트 거는
곳

ㅡ현관ㅡ계단

러시아의 아파트들은
전국적으로 비슷한 형태
인데 난방 때문에
방이 작고, 방을 잇는
복도가 있는 형태다.
번듯한 거실도 있지만
전통적으로 주방이
실질적인 거실이라고.

불과 찻주전자가 있고, 다른 곳보다 따뜻해서이다.
손님이 오면 주방에서 밥먹고 차마시고 얘기하고
TV도 본다고 한다. 가족들도 다들 주방에 모인
다고. 그래서 러시아 사람들은 집꾸밀때도 주방
을 많이 신경쓰고. 최신식 주방기구도 인기가
많다고 한다. 타마라의 주방에도 레이스커텐

과 TV가 있다. 식탁의 반은 소파이고, 반은 의자인게 맘에 든다. 나중에 나도 집에 이렇게 해보고 싶은데?

따뜻한 주방에서 식사를 한 후 차를 마시고 있는데 기분이 엄청 좋아보이는 타마라. 어제와 달리 머리도 하고, 외출복도 입고 있잖아?

알고 보니...

그날은 푸틴이 재선한 날이었다 !!

푸틴이 재선에 성공했어!! ♡

축..축하 해요 ...

그.. 그렇구나...

우리나라 기사 : 푸틴, 부정선거?

하하하... 하하하하..... 역시 독재자는 인기가 많은 건가... 더없이 따습고 다정한 인민 타마라씨의 푸틴 사랑에 (일부)경상도 할배,할매들의 박정희 사랑이 떠오르는구나. 그분들도 개인적으로 만나면 정말 정많고 퍼주시는 분들인데·····

푸틴 머그컵

푸틴 티셔츠

젊을 때 사진

푸틴 뱃지

여튼 러시아에 오면 각종 푸틴 굿즈를 만날수 있다.

오오!!

아, 푸틴 이 독재자 시끼...

I hate 독재

블라디보스톡 에서의 비로소

사람들아~ 들어!!

무서워!!

이놈때문에 기념품샵 에서 무서워 죽는 줄...:

푸틴 브로마이드

172

타마라와 포옹을 하고 집에서 나왔다. 이제 우린 이틀 동안 예카테린부르크행 기차를 탄다...!
이르쿠츠크의 나쁜 기억 때문에 돌아다니지도 않고 기차역 가서 있기로 했다. 표 발권하고, 마트도 다녀오고, 밥도 먹고, 차도 마셨다. 화장실도 두번이나 다녀왔다. 여기 화장실은 화식인데, 아래가 다 뚫려 있어 멀리서 보면 다 보인다 !!?!

똥 떨어지는게 보이는 구조
.....

러시아 사람들 왜 그래.... 아니, 본 내가 잘못 일까? 여튼 화장실에서 옷도 갈아입고 기차 탈 시간까지 여유를 부렸다. 그리고 이르쿠츠크 역에 도착했을 때부터 찜한 여우인형을 드디어 샀다아아아아아 !!!! 끼야아아으응

173

바로바로 이 인형이다...! 이 인형과 진열장 너머
눈이 마주친 순간 가슴이 두근했다. 무조건 데려가
야돼!!'난 널 만나버렸어!! 가슴엔 Baikal story
라는 장식명찰도 있다. 택에 적힌 홈페이지에
들어가보니, 바이칼호수에 사는 동물들을 인형으로

제작한 것이라는 이야기가 있다! 러시아의 작은
인형 브랜드이다. 야호! ㅠㅠ 네 이름은 이제 바이
칼이야. 사랑해, 바이칼♡

바이칼의 택 ↘

누구나 눈을 마주치면
외면할 수 없을
바이칼의 첫인상
" 날 데려가줘 "

www.baikalstory.com

바이칼과 함께 기차를 탄다.
여전히 어디로 어떻게 가는지
몰라 한참 헤매었다...
기차를 타기전 또 이상한
사람들이 있을까봐 걱정돼서
간절히 기도도 했다. 제발..
제발 다신 그런일 없길 ...

휴.... 다행히 우리와 같은 칸인 할머니와 모녀 밖에 없다...! 저번과 달리 대부분 가족단위다. 기차도 완전 최신식이고, 깨끗하다. 그리고 정말 조용하다. 살았다, 살았어 .... 휴.......

이게 기차지

이게 기차야

오랜만에 편안히 누워 맘껏 풍경을 보고, 잠도 잤다.
그림도 간만에 몇장 그렸다. 믿을 수 없이 평화롭다.
오후가 되니 강렬한 노란빛이 복도 깊숙하게 들어온다.
창가에 앉아있는 모녀의 모습이
너무 영화같아 빠르게 그리기도 했
다. 그래... 이거야! 이거 라고 !!

정말 좋다...

아무하고도 말 안 하고 편안히 시간을 보내다가, 저녁 먹을 때 앞자리 할머니하고 처음 말했다. 만다린 귤 드리니 "쉐쉐" 하셔서 나를 손가락으로 가리키며 "코레얀카(한국여자)"하니까 창쪽에 앉은 모녀가 갑자기 술렁.... 그러더니 갑자기 막 부끄럽게 웃으면서 와서 자기 애가 한국 좋아하는데 같이 사진 찍어주면 안 되냐고 물어보는 거다 ㅋㅋㅋ 방탄 팬이라며. 한국 너무 좋아한다며. 처음 보는 나를 뭘 보고 이리 좋아하는 것인가 ㅋㅋㅋㅋ 사진 찍고 아까 그렸던 그림

을 보여주자 너무너무너무너무 좋아하는 모녀! 엄마는 마리나, 소녀는 지아나라고 한다. 마침 열차가 도시를 지나가 3G가 터지자, 통역어플을 쓸 수 있어 꽤 대화했다. 할머니는 우리가 남한에서 왔는지, 북한에서 왔는지 먼저 궁금해 하셨다.

러시아 사람들은 우리가 남한 사람인지, 북한사람인지 많이 궁금해한다. 다른 나라 사람이면 "북한 사람이면 내가 이렇게 돌아다니겠냐!" 생각이 들겠지만, 러시아사람이 묻는 건 다르다. 실제로 북한 사람들이 러시아에 일이나 대학으로 꽤 많이 온다고 한다. 그러고보니 모도 기차에서 북한 말을 들은 적이 있다. 러시아 사람 입장에선 남한 보다 북한이 더 친숙한게 맞겠지.

할머니, 마리나와 얘기도 하고, 지아나와 같이 앉아 그림도 그렸다. 내가 그린 마리나&지아나 그림에 색을 칠해달라고 부탁했다. 지아나는 쑥스러워 하면서도 열심히 색칠을 해주었다.

대상을 한참 본후
← 색깔을 찾아
색칠 中

그림에 마리나, 지아나, 할머니의 서명도 받았다.

러시아 남자들이 준 고통, 러시아 여자들이 치유해 주는 쿸.....

다시 러시아를 사랑할 수 있을 거 같다!!
다시 이 여행을 즐길 수 있다고!!!!

아까 기차타기 전에 모에게 그 많은 일을 겪고도 또 기차를 타고 싶은 게 용하다고 했다. 정말 그랬다. 한국으로 돌아가버려도 이상하지 않을 상황이었는데, 기차를 탄다 생각하니 두려우면서도 정말 설렌다. 기차를 또 탈 수 있다니!!

이건 다른 기차니까

이건 오늘의 기차니까

그 믿음대로 이루어졌다!

마리나, 지아나와 한참 번역기로 얘기하고, 지아나의 친언니(방탄 팬)와도 전화하고(응?) 사진도 같이 찍었다. 마리나, 지아나는 얼마 안 가서 내렸다. 메일로 그림 보내주기로 했다.

기차 안은 다시 조용하고 평화롭다. 누워서 기차의 진동과 소리를 즐겼다. 쿠킁-쿠킁- 하는 반복된 소리가 마치 심장 소리 같다.

2층에 누우면 정말 특별한 기분이 든다. 깜깜한 어둠 속에서 내가 공중에 실려 흘러가는 것 같은 기분이다. 아무것도 안하며 누워서 천장에 비치는 빛과 그림자를 본다. 기차가 완만한 커브를 틀때 내 몸도 함께 커브를 튼다. 기차에 완전히 몸을 맡기고 그 기분에 집중한다. 그리고 서서히 잠이 들어, 난 완전한 잠 속을 달린다.

7:50 에 일어났다. 날씨가 꽤 흐리다. 앞자리 할머니 스탈리나는 대화상대가 필요한지 창가 남자에게 자꾸 말을 건다. 원래 같음 우리한테 말하겠지만 말이 1도 안 통한다. 창가 남자는 듣고도 전혀 대꾸해주지 않는다. 저 싸가지 없는 놈 보소... 스탈리나는 결국 대화를 포기하고 책을 읽기 시작했다.

케이크와 홍차로 아침을 먹었다. 어젠 기차
안이 너무 더웠는데 오늘은 선선해서 살만 하다.
러시아의 모든 실내는 정말 따뜻하다. 따뜻하
면서도 건조하지않고, 쾌적하다. 기차 안은
꽤 건조하지만 마스크를 쓰고 있으면 촉촉하다.

기차가 도시로 들어섰다. 인터넷이 터진다!
꽤 큰 도시이고, 공장도 많다. 스탈리나가
"노보시베르스크"라고 알려주었다.

노보시베르스크는 시베리아 한 가운데 있는 큰
공업도시다. 이름도 '새로운 시베리아'라는 뜻.
지금 러시아에서 세번째로 큰 도시이고, 과학
연구도 꽤 활발하다고 한다. 심지어 교통의 요지다.
우리로 치면 대전과 울산을 섞어놓았다고 보면 될
것 같다. 대전 위치에 울산이 있는 거랄까?
시베리아 횡단열차를 타는 사람들이 많이

노보 시베르스크

들러가는 도시다. 우린 내리지 않는다. 큰 도시
답게 많은 사람들이 탔다. 특히 남자 혼자인 사람
들이 많이 탄다. 우리와 같은 칸 2층이 비어있었
는데 거기도 어떤 젊은 남자가 타는 모양이다.

근데...

거기 제
자린데요?

187

헉…… 스탈리나(할머니)가 1층이고 젊은 남자가 2층인줄 알았더니 사실은 젊은 남자가 1층이었어. 스탈리나가 2층 표를 사고 1층에 앉아있던 거였다. 젊은 남자는 스탈리나에게 1층 내 자리니까 비켜달라고 하는데 스탈리나는 안 비켜준다…!
와, 분위기 뭐냐… 개어색해… 뭐와 나는 1층에 얌전히 앉아 숨도 못 쉬고 관전만 했다.
마치 우리나라 KTX에서 입석 끊으신 노인이 자리에 앉아서 표있는 자리 주인에게 안 비켜주는 꼴…. 스탈리나는 한참을 버티다가 결국 천천히 옷을 챙기며 일어나려고 하고 젊은 남자는 한숨 작렬이다. 쯔쯔쯔~불쌍한 사람…
사실 자리를 비켜줘도 문제인게, 애당초 할머니는 2층에 올라갈 수가 없다. 2층으로 올라가는 사다리가 있지만 생각보다 올라가는 것이 힘들고 힘이 많이 든다. 남자는 한참 `미치겠네…' 표정 짓고 있더니 결국 스탈리나에게 자리를 양보하고 2층에 외투와 짐을 올겼다! 충격….. 착한 사람…. 그동안 잘 공생했던 스탈리나가 갑자기 꼴미웠다. 심지어 모스크바까지 가시던데 저 남자 어쩔…. 남자는 (이제부터 `나이트'라고 부르겠다. Night라고 적힌 티를 입고 있어서) 우리를 쳐다보지 않고 창가의 남자와 합석했다. * 멀쩡한 러시아 남자는 외국여자를 빤히 쳐다보거나 말을 걸지 않는다.

창 밖 풍경은 칙칙, 기차 분위기도 칙칙. 아무
잘못도 없는 우리도 왠지 눈치가 보여 한숨
때리기로 했다. 분위기 숨막혀서 밥도 못먹었네.
나이트씨도 곧 2층으로 올라와 잠을 잤다.
아니, 그러고보니 참 몸도 좋고 호감형일세 …
너무 그리고 싶은 포즈로 자고 있어서 그림 몇 장
그렸다. 둘중에 못 골라서 그냥 둘다 넣기로.

밤이 되었다. 나이트씨는 창가남과 합석해 앉아있다 술을 마시기로 한 모양이다. 콜라에 술을 타 마시고 있다. 창가남 원래도 우리를 흘끗거렸는데 술 취하고나니 아주 대놓고 빤히 쳐다본다. 시발, 아주 이쪽으로 돌아앉아 계속 음흉하게 쳐다본다. 아...역시 좋아할 수 없는 (드렁큰)러시아 남자...이 와중에 나이트씨는 멀쩡하고, 우리를 쳐다보지도 않는다. 오히려 말을 시켜 시선을 끊기도 했다. 다시 한 번 또 진실이 밝혀진다... 멀쩡한 러시아남자는 절대 여자를 빤히 쳐다보지 않는다.

러시아 남자들 술 취했을 때 특유의 얼굴이 있다. 얼굴은 시뻘개지고, 흰 자위 위에서 동공이 둥둥 떠있다. 완전 '눈빼글'그 자체다.
눈빼글 해서 쳐다보는데 어떻게 쳐다보냐면
'여기 사람만 없었으면 당장 덮치는 건데'이런
눈으로 본다. 문명 사회 사람의 눈이 아니다.
진짜 무슨 동물같은 눈으로 본다. 어휴.시발...
좀 놀려고 했는데 놀지도 못하고 그냥 자기로
했다. 절레 절레....

참고: 당시 나의 상태

→ 떡진 머리
← 쌩얼
→ 구겨진 청남방
→ 무릎나온 회색 츄리닝

모호연도 비슷한 상태...

다음날 아침 일찍
일어나 내릴 준비를
하기 시작 했다. 우리 칸 화장실이 고장나서
건너편 칸으로 가는데 객차와 객차 사이의
이음새 부분이 정말 무섭다. 아래 바닥이 얼기설기
뚫려 있고 빠르게 지나가는 선로가 보인다. 으어어

그러고보니 엄마에게 진짜 무서운 얘기를 들었었다.
엄마의 지인이 해준 얘기고, 포항 or 경주에서 있었던
일이다. OO문화원에서 단체로 시베리아 횡단열차
를 탔는데 어느 아저씨의 손이 횡단열차 문에
끼였고 네 손가락이 절단됐다 !! (문이 엄청 두꺼워
끼였다면 절단이 아니라 으스러졌을텐데 자세힌
모르겠음) 그런데 가까운 도시까지 가는 것에 몇시간
걸리고, 역에 대기하던 의사가 응급처치는 했으나
접합수술을 할수 있는 의사가 (병원이) 없어 또
열차를 타고 한없이 갔다는 거다 ㅠㅠㅠㅠ
아무데나 내린다고 거기서 바로 한국을 갈 수 있는
것도 아니어서 결국 그 상태로 이틀을 열차를 타고
갔다는 무시무시한 실화.....

덜덜덜

드디어 예카테린부르크 역에 내렸다. 만세!!!! 땅이다!
스탈리나와 작별의 인사를 나누고, 그저께 만난 대학생
(여자)
들과도 인사를 했다. 과제를 하는지 프로젝트를 하는지
우리 바로 뒤에서 헐레벌떡 도면을 그리고 있던 애들이다.
다. 내가 그림 그리는 걸 보고 지우개를 2번 빌려달라
하길래 하나 그냥 가지라 했더니 고맙다고 나중에 와서
바이칼 기념 마그넷을 줬다.

러시아 여자들관 행복한 기억뿐...

나이트씨도 여기서 내린다. 눈뻥굴남이 술쳐먹고 쳐
자는 와중 나이트씨는 우리가 짐내리는 것도 도와
줬다. 미소도 말도 생색도 없다. 그냥 도와주고
끝이다. 눈이 질척한 승강장에 내려 계단을 내려
간다. 짐이 너무 무거워 잠시 멈췄는데 뒤에 오던
나이트씨가 짐을 들어주었다!! 통로에 도착해
짐을 내려놓더니 그냥 간다. 너무 고마워서 따라가
문 앞에서 웃으며 러시아어로 고맙다고 했더니

195

그제서야 약간 어색한 듯한 웃음을 짓고 갔다.
솔직히 이때 괜히 쓸데없는 짓해서 이 사람이 오해
하면 어쩌지? 했는데 뒤도 안 돌아보고 그냥 갔다.
(내가 유혹하는 걸로 오해하면 어쩌지?)
휴… ㅠㅠㅠㅠ 고마운 사람 나이트씨 . . . .

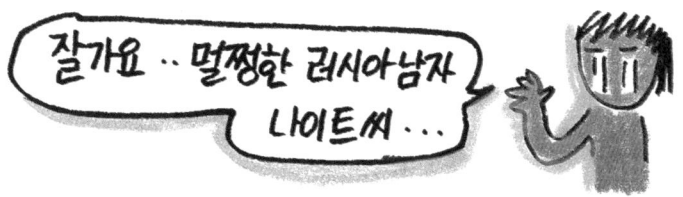

잘가요 .. 멀쩡한 러시아남자 나이트씨 …

예카테린부르크를 잠시 둘러보고, 오늘 밤에는
카잔행 열차를 탄다. 카잔은 러시아가 아니다.
타타르스탄 자치공화국의 수도다. 그런데 사실
러시아 연방이다. 외교도 러시아가 대신한다.
인구는 100만명 정도인데 절반이 이슬람교를
믿는 타타르인이다. 나라의 풀네임도 '러시아
타타르스탄 자치공화국'이니 러시아가 아니라고
하기도 그렇다. '제주 특별 자치구' 같은 걸까?

시베리아 횡단열차에서 먹은 것

고기와 양배추가 들어있는 빵. 작은 역에서 아주머니들이 직접 구운걸 판다

러시아 요거트. 요플레같이 생김 과육이 씹혀 맛있다!

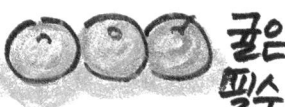

귤은 언제나 필수!

러시아 오이 수분 & 비타민 보충

러시아 라면 '도시락' 한국것과 약간 다르다. 별별 맛이 다 있음

↳ 팔도 도시락

역시 필수템인 과일쥬스. 공기가 텁텁해 상쾌한게 땡김

Ca2

러시아 수퍼엔 상표가 없는 빵, 과자, 케이크가 많다.

→ 대용량이고 싸다!

수퍼에 파는 초코케이크. 한개 500원 정도...? 겁나 맛있어!!

비스킷 100개 들이

예카테린부르크는 매우 큰 도시지만 우린 작은 카잔에 더 가고 싶었다. 앞에 나오던 일정표에서는 예카테린에서 모스크바로 가는 것으로 되어있는데 카잔에 꽂혀서 일정을 바꿨다.

예카테린부르크역에 가방을 맡기고 피의 사원으로 갔다. 피의 사원은 제정 러시아의 마지막 황제 니콜라이 2세와 부인, 딸 4명이 총살된 곳에 세워졌다. 영화 아나스타샤의 아나스타샤가 바로 니콜라이 2세의 막내딸이다. 이 아나스타샤에 관한 이야기가 전세계인의 떡밥이다.

자기가 아나스타샤라고 주장하는 사람이

한둘이 아니다. 이 중 미국의 애나 앤더슨은
외모가 아나스타샤와 비슷하고 러시아 황실을 잘
알아서 믿는 사람이 많았다. 하지만 앤더슨이 죽은
후에 DNA 대조를 해보니 일절 혈연관계가 없었다고.
황제가족의 유골을 발굴해 연구해보니, 모두 같은 날
지금의 피의 사원 자리에서 죽은 게 맞다고 한다.
(황제가족은 2000년, 러시아정교의 성인으로 추대된다)

이런 복잡한 사연을 가졌지만 성당의 역사는
아직 20년이 안된 완전 새 성당이다. 그래서인지
겉과 속이 다 새것이라 관광객 입장으로 흥미가
덜했다. 하..하지만 이 성당의 굿즈샵은 ……'

와..... 전부 핸드페인팅이잖아악!! 그런데 가격은
컵과 소서 한세트에 14,000 정도?? 미쳤다...
정말 예쁜 것이 너무너무너무 많았다. 티팟에
찻잔, 커피잔에, 접시에, 3단 접시에, 컵에!
전부 인간이 손으로 그린 건데 가격도 싸!
모스크바와 상트페테르부르크 안 가고 바로
집에 가는 일정이었으면 진짜 5,6개 사고
싶다.... 하지만 눈물을 참으며 하나만 샀다

990₽

← 에소프레소용 커피잔.
사각잔인게 특이하다.
소서도 사각!!
솔직히 이건 장식만
해놔도 좋다 ㅠㅠㅠ
(하지만 결국 쓰겠지)

평소 어다의
행태

1920년대
↑ 빈티지

1940년대
빈티지
↑

하하하. 이세상에 아름다운 도자기는 끝없이 있다네. 아끼면서 뾱뾱이에 싸놓느니 꺼내서 그냥 쓸 것이야. 왜냐면 이 세상엔 아름다운 도자기가 너무너무 많거든 !! 쓰던게 깨져야 새로운 걸 살 수 있지 ! 아무리 예쁜 도자기가 있어도 나란 인간 어차피 새걸 또 사고싶은걸.

에카테링부르그의 명동 바이베르. 거리를 찾아 갔다. 사람이 정말 많다. 가이드북에서 본 풍경을 보자마자 "오케이, 다음!"했다. 퀘스트 2 완료. 수박겉핥기 여행도 재미있네. 이런 식으로 기차 타고 도시에 반나절씩만 있어도 좋겠다. 저녁 먹고 바로 기차역으로 가기로 했다.

바이네르 거리에서 큰 도로 쪽으로 나와 걷다가 어느 레스토랑에 충동적으로 들어 갔다.

비싸 보여!

인스타그램 명소. 분위기에 꽤 비싸보인다! 괜히 들어 왔나싶어서 나가려다가 메뉴를 봤는데, 괜찮잖아?! 2층에 자리를 잡고 음료 2잔, 플레인 블린, 스테이크 샐러드, 구운 빵안에 넣은 토마토수프, 디저트 2개를 시켰다.

350₽

으..... 다 맛있다!!

정성스러운 맛이다!

202

그리 기대하지 않았는데 블라디보스톡 맛집들만큼
맛있었다. 게다가 이 모든걸 합해 3만원도 안돼...
감사합니다. 러시아 물가 사랑해요 ♡

기차역으로 가는 길에 지하철을 탔다. 내려가는 곳이
정말 깊다. 게다가 에스컬레이터가 너무 빠르다!
우리나라 2배야! 무서워서 손잡이 꽉 잡았다.

으어어

지하철 에스컬레이터가 아니라
던전으로 내려가는 길 같은데요.

기차역에 도착해 맡겨둔 짐
찾고 대합실에서 기다렸다.
짐 정리한다고 약간 부시럭거릴
때마다 러시아사람들이 놀란
고양이 표정으로 쳐다본다.
아니, 이 사람들 왜 이렇게 잘
놀라... 겁이 많나? 그와중에
난 흔들린 탄산수를 따버렸고
칙하며 내옷에 다 흐르고 대합
실의 모든 사람이 저 표정으로

러시아인들의
놀란 고양이 표정

날 쳐다봤다. 하하하.... 많이 놀라셨죠? 거참 잘 놀래시네... ◐◑

내가 또 가차를 타다니! 근데 또 너무 타고싶다니! 나도 참 대단타. 이제 좀 질릴법도 한데 절대 안 질린다. 카잔행 열차를 탔다. 이번엔 바깥쪽 통로자리다. 생각도 못했는데 큰 트렁크 넣을 곳이 없다! 의자 밑엔 작은 트렁크도 못들어간다. 큰 가방

안쪽자리   복도쪽자리

3층의 짐칸으로 올려보려고 애쓰고 있으니, 계속 기침 쿨럭대며 죽을거같이 콜콜대던 할부지가 짐을 올려줬다! 엄청 무거운데!!! 러시아 사람들 그러고보면 참 섬세하다. 낯선 여행객이 뭘 하고 있으면 '뭐 못하기만 해봐라, 도와줘 버릴테다' 같은 눈으로 보고 있다가 말없이 슥 와서 도와주고 슥 간다. 물론 여행객들 행동 하나에 놀라 고양이눈 하고 쳐다보지만 ㅋㅋ

주간 → 야간

복도 쪽 자리는 사생활이 거의 없다. 정말 그냥 복도에서 자는 것이다. 하지만 막상 거기에 자리를 펴보니 생각보다 편하다. 특히 창문 하나를 나 혼자 즐길 수 있어서 좋다. 또 앞좌석에 사람이 없어 더 편하기도 하다. 라고 썼는데 뒤편 안쪽 사람이 쳐다보는 건 능사가 없군. 오늘도 기차안에서 술쳐먹고 눈빵굴된 러남들.. 아오. 지긋지긋. 쳐다보며 지들끼리 쑥덕거리길래 존나 째려봤다. 아오, 뭘봐 새까... 저런 시베리아 새끼들、멀어디져라.

205

드렁쿤 러시안들 때문에 침대시트 빼서 바깥쪽에 쳤다. 오, 완전 텐트 안 같네! 안락하네!

돈 많이 벌어서 1등석 타야지... 3등석엔 현지인들과의 만남과 우정 어쩌고... 됐거등.

아침이 되자 사람들이 많이 내렸다. 기차에 남은 사람이 줄어들어 조용하다. 아침으로 '도시락'을 먹었다. 차장에게 "도시락?" 하면 "도시락." 하며 준다.

카잔역에 드디어 도착했다. 밤새 새로운 눈이
내려 잔뜩 쌓여있다. 카잔역엔 무려 ....
엘리베이터가 있다 !!! 우와아아 ! 러시아 기차
역에서 처음 보는, 아니 겪는 편리함 !! 러시아
월드컵을 대비해 역을 아주 싹 뜯어 고친 모양이다.
막심을 타고 새 숙소에 도착했다. 'The hostel'
이라는 호스텔인데 모가 강력주장해 예약한
곳이다. 가격도 싸고 서비스도 좋고, 조식도 맛있
어서 예약이 진짜 빨리 찬다고 한다.
숙소에 체크인하고 계단을 올라 우리 방에 들어
가보니. 이럴 수가. 너무 좋다 !!! 2층 높이의 높은
천장에, 햇빛이 쏟아져 들어오는 큰 창문, 벽돌로
쌓은 벽이 새것같은 인테리어. 나무천장과
나무 바닥까지 너무 좋다 ㅠㅠ 아니, 이런 숙소가
3만원이라니?! 와. 무슨 촬영장인 줄 알았어.
방은 또 어찌나 큰지 소파·카우치 따로, 1인용
책상 따로, 큰 테이블 따로, 침대는 복층에 있다.

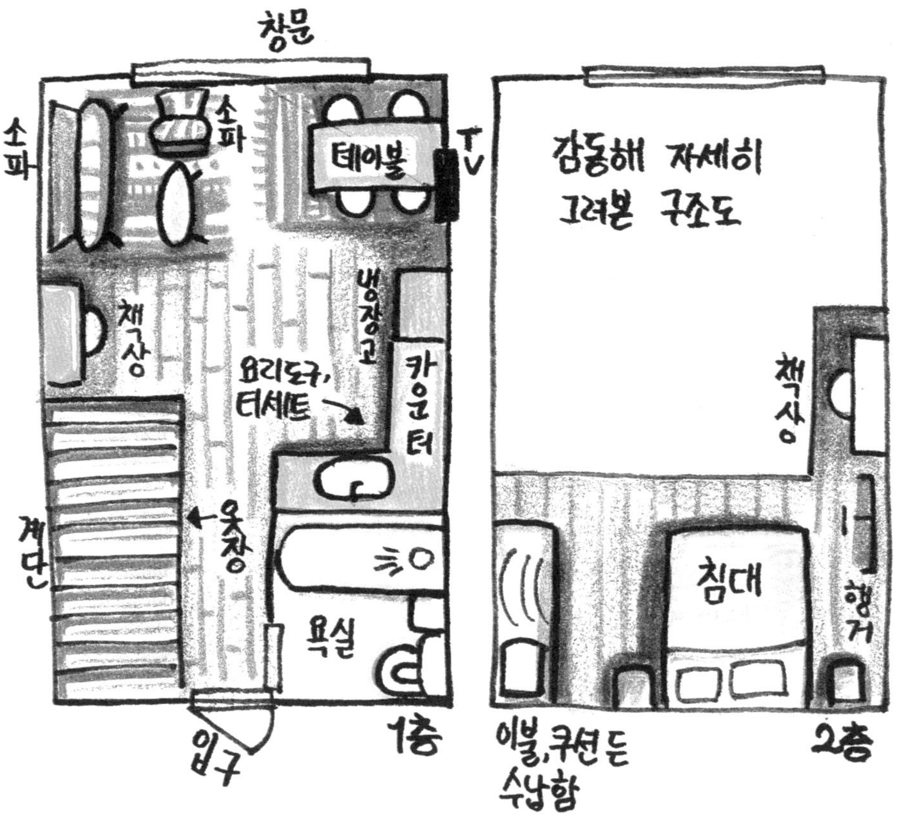

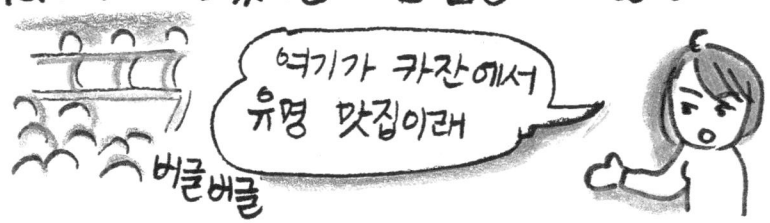

창문

소파
소파
테이블
TV

감동해 자세히
그려본 구조도

책상
책상

냉장고
요리도구, 티세트
카운터

옷장

계단

욕실

입구

1층

행거
침대

이불, 쿠션 등
수납함

2층

영영, 여기서 하루만 잔다니 너무 아쉽다. 정말 내 집이었으면 좋겠네. 아니, 내가 자기에 좀 황송할 정도야.

1층 카페테리아에 가서 오늘 점심을 먹기로 했다. 아니! 아까도 느꼈지만 사람 엄청나게 많잖아??

여기가 카잔에서 유명 맛집이래

버글버글

카페테리아는 한 줄로 서서 쟁반을 들고 앞으로 가면서 음료, 간식 등을 쟁반에 담고 요리는 직원에게 떠달라고 하는 방식이었다. 이때까지의 러시아 '인민식당'들하고 똑같다. 사람이 엄청나게 많다는 걸 빼고... 시끄러운 소리와 뭐줄까 다그치는 것 같은 직원들이 정신을 옳고 둘에서 엄청나게 많은 양을 시켜버렸다!! 아오 ㅠㅠ 다른 사람들 접시 한두개로 적당히 먹는데 쪽팔려죽겠네..

엉겁결에 대 만찬

양배추롤을 야채랑 같이 찐것

모짜렐라 토마토 샐러드 ×2

콩과 옥수수 +쌀   미트볼

감자와 갈비찜 ?? ×2

감자 마요네즈 샐러드 ×2

블린

각종 삶은콩 샐러드

홍차 (잔과 티백을 계산하고 뜨거운 물을 부어 먹는다.

케이크

와, 맛있다. 유명하다더니 진짜 맛있다. 하나하나 다 신선하고, 정결한 음식이야.

특히 채소와 허브가 정말 신선했다.!! 카페테리아 음식이 오래 데우니까 무르거나 지나치게 졸아들수 있는데 그런 것도 없고 방금 만든 것 같았다. 기차에서 라면, 빵, 감자 그런 것만 먹다가 신선한 채소를 잔뜩 먹으니 너무 상큼하다. 러시아 음식 채소 파티, 콩 파티인 거 사랑이다, 진짜. 테이블에 꽉 차게 시켜놓고 다 먹었다....! 밥먹고 방에 다시 들어와 소파에 앉으니 이보다 좋을 순 없구나.

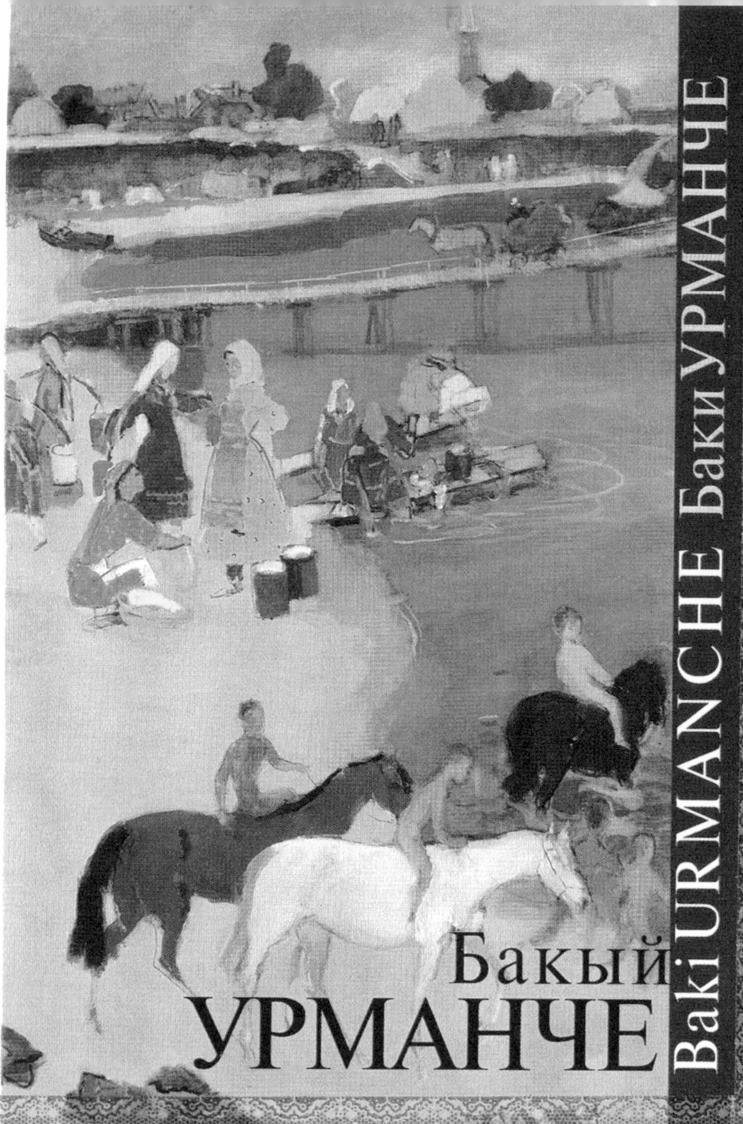

Бакый УРМАНЧЕ

카잔 시내에 있는 서점에서 산 엽서책 ↵ 엽서 10장 들어 있음

바키 우르만체는 타타르인 화가이고 교육자이기 했다고. 카잔 사람들이 자랑스러 하는 예술가다!

← 작가의 자화상 바키 우르만체 뮤지엄도 있다는데 너무 늦게 알아서 못가봤다. (아쉽)

B. Urmanche
SELF-PORTRAIT. 1934
Canvas, oil. 46×35
State Fine Arts Museum of the
Republic of Tatarstan

카잔에 도착해 맛집인 숙소에서 밥을 먹고, 욕조에서
목욕도 했다. 기차에선 물티슈로 닦기만 하고 머리도 못
감았어서 너무 찝찝하고 멀끔이고 머리고 다 가려웠다.
씻고나니 새 인간이 된듯한 이 기분은 ...

머리가 그새 많이 길어 모가 좀 잘라주기로 했다.

싹뚝   싹뚝

모가 셀프미용을 시작한
후로 한 번도 미용실에
안 갔다. 아마 한 5년
안 갔을 거다. 모는 자기
머리도 거울보고 자기가
자른다. 단련이 되어 이젠
제법 잘 자른다. 난 모
미용실을 참 좋아한다.

가격도 5천원으로 저렴하고 (처음 2년은 공짜였음)
미용사가 과묵해서 말도 안 건다. 초면의 사람과
억지로 대화를 해야하는 고통이 없다. 그리고 내가
좋아하는 후궁견환전도 틀어준다. 씨에 씨에

모 미용실은 샴푸는 셀프라 욕실에 가서 머리 감고
말렸다. 씻고 머리까지 자르니 새인간이 됐어!

이다
기차
버전

→

이다
지상
버전

차도 마시고 간식도 먹고 오후 5시 되어 어둑어둑
해지고 나니 어딜 나가볼 마음이 생겼다. 더 호스텔은
카잔 시내 한 중간에 있다. 주현절 종탑을 보고→ ^{시내} ^{한중간에} ^{있음}
길을 걸어다녔다. 그러다가 너무 어두운 골목이 나와서
다른 쪽으로 꺾었는데 가이드북에서 봤던 소비에트
생활 박물관이 있다! 여기 러시아 오기 전부터 궁금
했던 곳인데 이렇게 오게 되네!

I ♥ 빈티지
I ♥ 소비에트

소비에트 스타일 너무 좋아... 딱딱하고 군더더기 없는,
아니 메마른 듯한 디자인에 강렬한 색깔과 직설
적인 메세지가 정말 매력적이다. 딱 그 역할 외에
다른 것을 장식적으로 덧붙이지 않는 삭막함에
오히려 마음이 더 끌린다. 그래서 북한 그래픽 디자인
에도 관심이 크다. 소비에트 생활 박물관은 우리나라
로 치면 `엄마 아빠 어릴적에...` 같이 옛날물건과

20세기 소품들을 모아놓은 곳이다.
박물관에 들어서는 입구부터 벌써 심상치 않다.
한 걸음 한 걸음 사진 찍느라 진행이 안된다ㅋㅋㅋ
계단을 올라가 문을 여니, 생각보다 그리 넓지는
않은 공간에 엄청나게 물건이 많다!! 와, 이건
그리기도 힘들다. 이런 느낌이다. ⤵

볼게 많아서 너무 혼란스럽다. 이걸 뭐 어디서
어떻게 봐야해 ㅋㅋㅋ 진열장 하나마다 물건이
수십개씩 있는데, 그런 진열장이 수십개씩 있다.
그래서 기억의 과부하가 걸릴까봐 일부러 좀

대충 보려고 했다. 마음에 들었던 걸 그려본다.

은박지와 마분지, 과자박스를
이용해 만든 보석함 (추정)

마분지의 연결부위를
색실로 꿰매 고정하고

은박지를 마분지 위에 붙여
반짝반짝 빛이 남

이 위를 니스로
다시 코팅함

그리고 이곳 저곳에서 소중히 오려
보관한 것이 분명한 컬러 꽃들을 붙임

요즘같이 돈으로 컬러프린트를, 상자를
척척 살 수 있는 시대엔 상상도 못할
창작물이야.. 물자가, 컬러 이미지가
적던 시대에 인간이 창의력을
발휘해 직접 만든 사치품이라니.

그러고보니
얘도 어릴때
하드보드지로
연예인 필통
만들었지네 ..

이건 물고기 모양 주머니칼.
낚시용일수도 있겠다.

→ "HET!"은
싫어, 안돼. (NO)

→ 술좀 그만 권하고
그만마시라는
공익포스터 같음

러시아의 명소가
아이콘으로 그려진 컵

1980
소련 올림픽
마스코트
미샤 의
굿즈도 엄청
많다. 죽기전엔
하나 가질수
있나....

1
9
8
0

↓
역대 올림픽
마스코트 중
가장 인기많았던
캐릭터라고 함

→ 누군가에게
보물이었을
크리스탈
머리핀

218

엄청난 머리숱의 사자인형

으악!!
미샤
티포트!
으아악!

미소정상회담
기념시계

CCCP

수없이 많은 핀뱃지.
이건 블라디보스톡 기념품 가게
에서도 정말 많았다.
뱃지의 나라인가 …

향수포장박스

모흐오면

모자만 섰는데 간부느낌

그외 음료수병, 껌종이, 과자케이스,
장난감 총, 옛날 옷과 가방, 자수,
깃발 등등등 보기 어려운 옛날 소련
디자인을 실컷 볼 수 있었다. 소련
군복들도 있어 입고 사진도 찍었다 ㅋㅋ

музей
социалистического
быта

Входной билет
цена **250 рублей**
тел: 89656018188, 292-59-47

소비에트
생활 백물관
티켓

소비에트 박물관에서 나와 저녁 먹을 곳을 찾아
헤매다 또 숙소(The hostel)에서 밥을 먹었다.
이러다 카잔에서 숙소밥만 먹고가는 거 아니야?
근데 그래도 될 정도로 맛있긴 하다.
밥 다먹고 방에 올라가는데 이럴 수가 ....!!
청소년 고양이가 우리 방에 들어왔다.!!!!

죄송합니다 고양이님...

아니, 이것밖에 못그려?

잠깐만 이게 아니잖아! 그리다 깜짝 놀랐네 실물과 달리 냥아치처럼 그려졌잖아!!

고양이 그렸다가 너무 못그려서 가림..↓

EST. 2014

고양이를 그려서 만족스럽지 않은건 언제나 실물이 최고 라서일 거야. 그냥 호스텔에 계셔주기만 해도 영광인데 방에 방문하셔서 만지게 해주시다니! 간식도 없는데!!

대신 놀아드리겠습니다.

냥! 냥!

내모자 쯤이야 ...

고양이와 놀기 위해 시베리아에서 털모자를 희생하는 양반

츤데레의 나라 러시아, 츤데레의 상징인 고양이가
전혀 까칠하지 않다니 ! 완전 100% 오픈 고양이 !
와..이 녀석 태어나서 지금까지 사랑만 받은 게
분명해. 이 숙소에서 고양이들 침대는 로비 앞
사람들이 수십명 왔다갔다하는 계단 옆에 있다.
오고가며 사람들이 다 한번씩 만지는데도, 전혀
싫어하지않고 오히려 갸르릉거린다. 이럴 수가 ..

주물   주물

꿈이냐 생시냐 ....

내가 고양이, 그것도 처음
만난 고양이의 얼굴을
조몽조몸(???) 안마할 수
있다니 ㅠㅠ 오오오 ㅠㅠ

그러고 보니 러시아 사람들
개와 고양이 진짜 좋아하는
것 같다. 동물만 보면 '세상
이 싫어' 표정짓고있던 사람도
활짝 웃으며 어케든 더 보려고 막 따라다닌다.
남녀노소 상관없이 다들 그렇게 신기하다.

생각해 보니 지금껏 러시아에서 길고양이를 본 적이
없다. 한겨울이니 당연하겠지만 그래도 정말 안 보인
다. (대신 실내에는 있다) 러시아에도 길고양이들이
있을까? 있다면 겨울엔 어딜 가는 걸까?

혹시 따뜻할 땐 돌아다니다가 추워지면 안간을
찾아가는게 아닐까? 아니, 인간이 먼저 들어오라고
할 듯 하네.

청소년 냥이와 거의 1시간을 논 후
애가 배가 고픈지 나가려고 하길래
문을 열어줬다. 그..그런데!!

도리어 고양이 두 마리가 더 들어왔다. 어쩔 수가..!!
성은이 망극하나이다... ㅠㅠ ㅠㅠ 미쳤다 미쳤어!

검정색 성묘는 호기심이 많아 온 데 다 냄새맡고
나한테 냄새 묻히고 그러더니 정작 지는 못만지게
하고 경계심을 보인다. 그래, 고양이답구나!

가만히 냅두고 그림을 그렸다.

청소년 회색고양이가 다가와
내 다리에 몸을 꼭 붙이고
잠들었다. 엉엉엉.. 내가
이러려고 카잔에 왔네!
이러려고 !!

고양이들과 잠까지 같이 자려다
먹을 것도 없고 해서 어쩔 수 없이
문열고 내보냈다. 안 나가려고 해서
내보내는데도 한참 걸렸다. 아아..
이녀석들, 날 사랑하는군 !! ←거만

카잔.. 정말 좋은 곳이다...역 내릴 때부터 엘리베이터가 있더니 숙소는 맛집에 지붕아래 복층방에 접대묘 3마리라니... 그간의 고생들이 스쳐지나간다. 카잔에서 이리 대박을 치려고 그 고생을 겪은건가!

고양이 에게 친절한 나라

I ♡ RUSSIA cats

I ♡ KAZAN

러시아 만세, 카잔만세

하지만 나의 행복은 그것이 끝이 아니었다. 자고 일어났는데 더 믿을 수 없는 일이 일어난 것이다!

1F

어디선가 계속 고양이 소리가 작게 들려 1층에 내려가봤더니.

무슨 소리야?

2F

 어제 같이 놀았던 까만 고양이가 창문 밖에서 열어달라고 울고있는게 아닌가!!

아니.. 아니 아니 이런 일이?? 얼떨떨한 와중에
창문을 열어주었더니 아주 당연한 듯이 들어와 애교를
부린다.

살다가.. 이런 일도 있구나

기쁨의
떨림

어떻게 들어온지는
모르겠지만 고양이니까
우슨 방법이 있겠겠지!!

마오!!

어젠
만지려고
시도만 해도
엄청 화내더니
오늘은 다리에 부비고
발라당을 하고 난리가 났다!!

어디 한번
만져보시게!!

우리가 망에
들었나봐 ㅠㅠ

227

만져달라면 만져주고, 놀아달라면 놀아줬다.
그러다보니 어느새 콧물이 흐르는 모.

> 알러지 따위…
> 비염 따위…
> 난 괜찮다…

예츄

→ 공기중에 날리는 털

아니,
전혀 안 괜찮잖아!!
깜장이를 이제 내뱉내려해도 버티며 절대
나가지 않는다. 지가 가고싶을 때 간다는 거냐!
할 수 없이 일단 깜장이를 두고 밥을 먹고 왔다.
뜨끈한 아침을 먹고 지르텍 먹은 후 좀 괜찮아진
모. 「이건 비염이 아니라 진드기 알러지임…」

→ 진드기 알러지 / 소털 알러지 보유

← 천지 싸돌아다니는 깜장고양이

← 진드기 주 서식지일 숙소 카펫

「갑자기 나도 좀 가려운데….?」

방에 와서 문을 열자 깜장이가 후다닥 문 밖으로
달려나갔다. 그거 봐. 진작 나가라고 했잖아 ㅋㅋ
근데 3분 뒤 다시 문 밖에서 고양이 우는 소리가
들린다.

애옹
애옹
열어라!!
나다!

미안해... 우린 함께일 수 없는 걸..

가슴이 찢어지지만 계속 외면했다. 그랬더니 한
5분 더 농성하더니 갔다. 쏘리, 깜장 ....

호... 고양이 키운다면 쉽지 않겠는데?
완전 사람 한명 더 사는 거랑 똑같네..

고양이를 키우고 싶다고 막연히
생각했었는데 한공간에 같이 있어보니
역시 쉽지 않네. 나란 인간 분명 첨에만 신나서
맨날 예뻐하다가 나중엔 그만큼 사랑해주지도
못할 것 같다. 역시 난 동물키울 책임감 없어..

229

아쉽지만 다시 짐을 쌌다. 체크아웃을 하고, 숙소에
짐을 맡겼다. 오늘 밤에 드디어 모스크바로 출발한다.

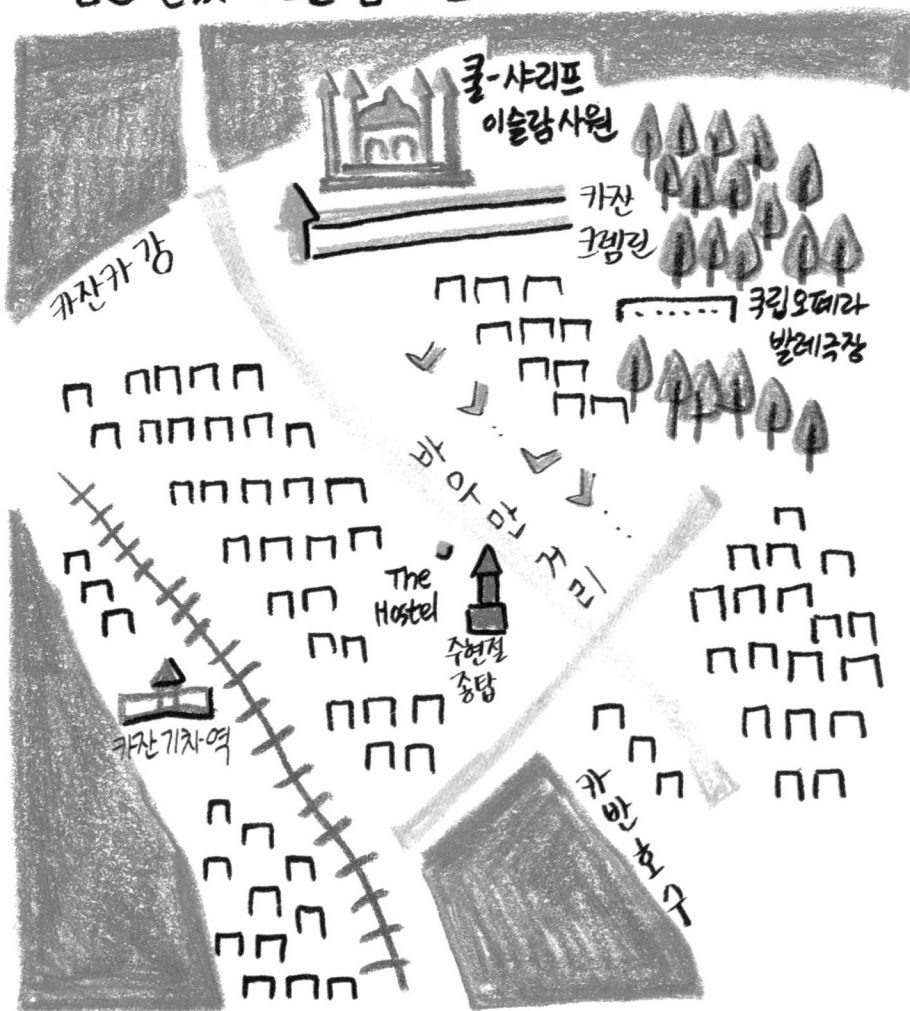

카잔 시내는 작아서, 걸어서도 다 볼 수 있다.
크렘린 쪽으로 천천히 걸었다. 바닥과 지붕은 온통
눈이고, 하늘은 새파랗다. 날씨는 그리 춥지 않다.
(패딩 안 입을 정도라는 뜻은 아니다. 잠깐 모자를
벗을 수 있을 정도다) 숙소가 있는 바우만거리에서
크렘린까지는 천천히 걸어 30분 정도 걸린다.
길은 완전히 하나다. 숙소 문에서 나와 왼쪽으로
몸을 돌린 후 그대로 쭉ㅡ 가면 된다. 길치도 갈 수
있는 지리다. 진짜임!

하얗게 쌓인 눈을 밟으며 걸었다. 계획도시처럼
길이 반듯하고 깨끗하다. 월드컵 유치한 후에 새롭게
단장한 걸까?

누구나 행복하고
게을러질 자격이 →
있다는 의미도 있고,
배 만지면 부자된다는
얘기도 있음

바우만거리의
명물
고양이
조각상

길을 걷다 가이드북에 나오지 않는 성당을 보았다.

옅은 민트색의 작은 성당은 모형처럼 예뻤다.

안으로 들어가니 관광객없이, 신도들만 조용히 기도

드리고 있었다. 나도 조용히 앉아 창문으로 들어오는

빛을 보았다.

빨간 스테인드글라스를
통과한 빛이 벽과
바닥에 빨간 십자가를
만든다.

창문 사이로
자로 잰듯
반듯한
빛이
내려오는 모습.

이런 것을 보고 의미를 부여하지 않는 것은,

의미를 부여하는 것보다 어렵다.

Никольский ✝ кафедральный собор, Прием приношений

니콜스키 대성당

구글 지도에서 찾아보니 니콜스키 대성당이라고 한다. 소비에트 시대에도 폐쇄되지 않았고, 부활절에 사람이 너무 몰려 문과 벽이 무너지기도 한 모양이다. 그리스 정교의 성당은 기독교와 달리 연단이 없다. 의자도, 설교대도 없다. 벽을 제외하고는, 대부분 빈공간이다. 그러고보니 성상이 없고 이콘만 있다

블라디미르의 성모

콘스탄티노플 화파

12세기 초
목판에 템페라

이콘이라는 것은 icon(아이콘)과 똑같은 말이다. 아이콘은 실제의 것을 작고 인식하기 편하게 만들어 접근하는 이가 실제의 본질에 닿을 수 있게 만든 것이다. (←내생각) 이콘은 러시아종교에 있어 단순한 성경인물들의 초상이 아니라, 실제의 신성이 드러난 것이다. 그래서 러시아정교의 신도들은 집에 이콘을 놓고 그 앞에 촛불을 켜고 기도하고, 성당에서도 이콘 앞에서 기도하고, 이콘에 입도 맞춘다. 길에서 구걸하는 할머니는 이콘을 들고 있다.

옆의 그림이 러시아에서 가장 유명하고 중요한 이콘 '블라디미르의 성모'이다. 엽서를 붙이려다 최대한 닮게 그려봤다.(3시간 걸림) 옆그림처럼 이콘들은 마치 이집트 그림이나, 중세의 제단화처럼 단면적이다. 입체로 그리지 않고, 원근법도 없다. 성인들은 금으로 색을 입히기도 한다. 러시아 사람들이 그림을 못 그려서, 원근법을 몰라서 저렇게 그리는 것이 아니다. 실제로 보이는 사실성보다, 중요하다고 생각하는 것에 집중하는 것이다. 그들이 표현하고자 하는 것은 '신성'이다. 그렇기 때문에 공간이 2차원인지 3차원인지는 중요하지 않은 것이다. 이콘은 실제의 '신성'을 요약해 보여주는 것이므로 오히려 우리의 마음처럼 중요한 것은 빛을 내고, 가깝고 크다. 시공간이 느껴지지 않는 것도 이콘이 어느 순간,

어느 장소를 정확히 담고 있는 기록이 아니라서다.

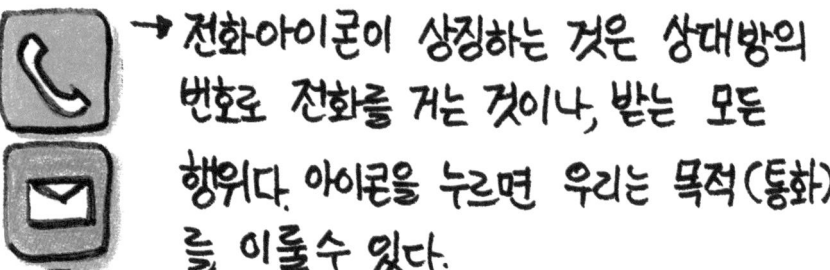 → 전화아이콘이 상징하는 것은 상대방의 번호로 전화를 거는 것이나, 받는 모든 행위다. 아이콘을 누르면 우리는 목적(통화)를 이룰수 있다.

→ 이 아이콘이 상징하는 것은 `이메일`이다. 하지만 이 아이콘은 편지봉투에 편지를 넣어 부치던 시대에 `이메일`이 친숙하게 느껴지도록 만든 것이다. 이콘의 상징들도 당시의 상징이 바뀌지 않고 지금까지 내려온다.

가..갑자기 미술사 책 됐냐고 . . . .

덕질분야가 나와서 그만 . . .

난 개신교 신도라서 이콘이 나에게 종교적 의미가 있는 것은 아니다. 그림으로 좋아하는데 세계관이 동일해서 이해가 잘 될 뿐.

←이것도 이콘이다.

이것도 이콘이다. →

내가 이콘이나 중세의 성당 벽화를 좋아하는 이유는 저 평면 안에 있는 주관적 시선이 좋아서다. 인물은 나를 보고 있고, 중요한 사람은 후광이 난다. 배경은 이해를 돕기 위해 인물 중심으로 그려진다. 그래서 난 이런 미술스타일이 '심상'과 비슷하다고 생각한다. 우리가 '코끼리'를 떠올렸을 때 머리 속 어딘가에서 생성되어 우리 눈 앞에 있는 게 아닌데 머리 속에 그려지는 것 말이다. 그렇게 떠오르는 이미지는 나만의 것이고, 난 그것으로 인해 생각하고 감정을 느낀다. 그 이미지가 정확한지, 비례가 맞는지 생각할 필요는 전혀 없다.

실제의 신성

→ 신성에 닿게 신성을 보여주는 '미리보기'

기도와 소망

신성을 향한 믿음

대충 이런 시스템이다.

내가 그림에서 표현하고 싶은 것도 어쩌면
심상, 마음 속 풍경일지도 모르겠다. 사진이
없었던 시기에 인간이 어떻게 세상을 바라봤나
하는 것은 나의 오래된 흥미거리다.

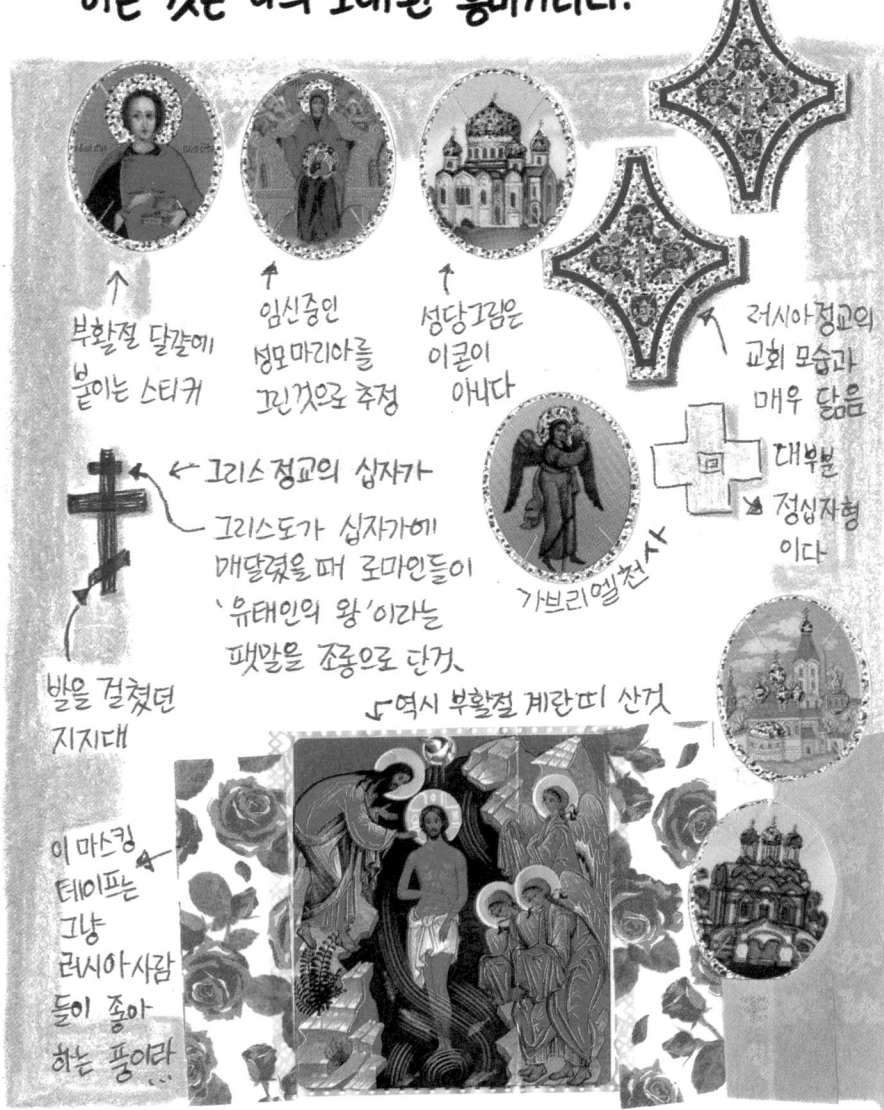

↑
부활절 달걀에
붙이는 스티커

↑
임신중인
성모마리아를
그린 것으로 추정

↑
성당그림은
이콘이
아니다

러시아정교의
교회 모습과
매우 닮음

← 그리스 정교의 십자가

그리스도가 십자가에
매달렸을 때 로마인들이
'유태인의 왕'이라는
팻말을 조롱으로 단것

대부분
정십자형
이다

가브리엘천사

발을 걸쳤던
지지대

↳역시 부활절 계란띠 산것

이 마스킹
테이프는
그냥
러시아사람
들이 좋아
하는 풍이다

이 앞에 내가 그렸던 블라디미르의 성모 이콘은 러시아를 수호하는 이콘으로 유명하다고 한다. 처음 그려진 것은 12세기로 비잔틴제국의 콘스탄티노플(이스탄불)에서다. 블라디미르의 성모는 여러 도시국가가 전쟁을 할 때마다 전리품으로 나라를 옮겨다녔다. 그러다 모스크바 공국이 블라디미르의 성모를 손에 넣고 타타르에 승리한 후 주욱 러시아에 있다. 2차대전 때 비행기에 이 이콘을 싣고 모스크바 상공을 돌아 폭격을 멈췄다는 전설도 ...

언제까지 이콘 얘기를 할 것인가...
아직 안 끝남 ㅋㅋ

하지만
러시아에서
이콘은 중요하다

이 그림에서 가장 흥미로운 것은 성모 마리아의 표정이다. 자애로운 표정이 아니라, 바라보는 사람을 원망하는 표정이다. "정말 그럴 거야?" 하고 말하는 것 같다. 품에 안은 아기예수를 차마 내어줄수 없다, 왜 이런 운명으로 만들었냐는 원망과 분노가 보여 매우 인간적으로 느껴진다. 내 생각에 그래서 러시아를 수호하는 이콘으로 여겨진

239

것 같다. 이 성모자 그림은 모두에게 자애롭지 않고 '아기예수(러시아 피플)를 앗아가려 한다면 천벌을 받을 것이야' 하는 표정으로 아이를 지키고 있기 때문이다. 모두의 성모가 아니라, 「블라디미르의 성모」인 거지. 블라디미르만 지키는 성모. 러시아 와서 멋진 이콘 엄청 볼줄 알았더니, 이콘 전부 새거 밖에 없어서 충격이다. 심지어 어떤 이콘은 프린트로 뽑아서 픽셀도 보인다. 근데 나 왜 이렇게 블라디미르의 성모 이야기 열심히 한 거야... 카잔에 있는 것도 아닌데...

블라디미르의 이다

내어줄 수 없어.. 이콘 얘기 할 거야 ..

Мечеть Кул Шариф

성당에서 나와 걸어서
쿨 샤리프 사원까지 갔다. 눈 무더기
위로 솟은 아쿠아색 미나렛이 보인다.

이게 미나렛 ↙

사람들이 눈을 치워 뚫어놓은 길 옆에는 1~2m
높이로 눈이 쌓여있다. 하얀 눈위로 보이는 쿨샤리프
사원의 미나렛은 정말 아름다웠다. 사원의 흰
벽은 눈과 똑같은 색이다! 그리고 아쿠아색 미나렛
꼭대기는 아크릴 물감을 쏟아놓은 것처럼 완벽한
색이다. 저런 색을 만들어내다니! 정말 튜브에서
막 짠 아쿠아색 그 자체다.

하늘엔 구름 한 점 없다. 그저 새파랗다. 모든게
완벽하다. 눈도 사원도 막 만들어낸 새것같다.
쿨 샤리프 사원은 오래된 사원은 아니다. 카잔 천 년
기념으로 2005년에 만든 것이다. 눈길을 한참 돌아
완전한 모습을 보니 더 아름답다.

풍경을 해치는 빌딩이나 아파트
같은 것 없이 완벽하다.

강

→ 카잔 구시가지

그럴 수 밖에...

뒤에는 강뿐

수없이 많은 기념사진을 찍은 후
사원 안으로 들어갔다.
안의 모습은 더 충격
이다. 와... 인간의
노동력을 얼마나 쓴
거야. 아, 아니지.
이거 요새 만든 거지.

타이머 → 사용

찰칵

243

이건 진짜 기계의 힘이다. ㅋㅋㅋㅋ 그리고 싶지만
그리기 싫다... 이걸 그리려고 생각하니 갑자기
손에 힘이 짝 빠지네 ㅋㅋㅋ 어떻게 말로 표현
해보자. 1층은 신도&남자만 들어갈 수 있어
4층까지 힘들게 올라갔다. 올라가니 밖에서
본 돔 안이었다. 아크릴 물감을 쏟아놓은 것 같은
바깥 지붕의 색과 달리 안의 색은 밝은 파스텔
톤이었다. 상상도 못했다! 내가 만질 수 있는 벽은
하얀색 대리석이고, 창틀과 프레임은 나무에
흰 색을 코팅한 것으로 보인다. 돔은 밝은 메이
크업 베이스 같은 색이다. 복숭아 색을 좀 더 밝게
만듯한 빛깔이다. 그 위에 아기들이 입는 하늘색

만듯
한↗ 옷같이 뽀얀 하늘색이 있고 거기에 흰 장식
패널이 입체로 붙어있다. 이것들을 구분하는 라인은
밝은 금색이다. 낡은 것이 하나도 없어, 정말
공장에서 방금 나온 장식 패널 같다. 정말 정말
좋은 색 조화다. 상상도 못했다.

사원에서 나와 슈움비케 탑과 성모 수태고지 사원을
보고 강 쪽으로 갔다. 카잔 전경이 다 보였다.
강은 꽁꽁 얼고 그 위로 눈이 내려 온통 하얗다.

절에서 다시 구시가지로 왔다. 밥 먹을 곳을 찾다
그냥 또 더 호스텔 식당에서 먹었다. 카잔의 모든
밥을 여기서만 먹은 거 실화냐고...
아직도 기차시간이 한참 남아 숙소 1층에서
가만 앉아있었다. 로비에 까맹이 있길래 아는 척
했더니 내 손 쳐내면서 "하악!!" 이런다. 와..
내가 문 안 열어줬다고 이렇게 심하게 삐지다니.

부들 부들

인간 주제에.. 날 거부해?

지나가는 사람들 다 만지게 해주면서
나한테만 하악질 하는 까맹...
죄..죄송합니다.

할 일이 너무 없어 한번 갔었던 서점과 기념품
가게도 다시 갔다. 미니 카드 지갑하고 클러치
사고 동화책하고 엽서 세트도 샀다.

타타르인 화가
바키 우르만제의
그림

사기, 먹기, 돌아다니기, 멍때리기 모두 하고나서야
겨우 밤이 돼서 기차역으로 갔다. 우와.. 역시 카잔역.
이 문명의 향기... 안내방송이 나온다니! 영어도 있다니!
전광판도 있다니! 가만 앉아있다가 전광판에 모스크바
나오면 타러가면 된다니! 기차 와서 타러가는데도
계단 한 번 없이 엘레베이터로 갔다. 카잔역 아니
갓잔역. 열차가 도착했다.

드디어 이 열차를 타고 모스크바로 간다. 러시아에
온지 14일 째다.

아니, 14일 밖에 안 됐어?!

한 달 된 느낌인데

기차가 새 기차라
진짜 편하다.

기존 열차보다 복도는 좁고 침대는 길다. 아, 참.
열차 침대는 160cm 정도밖에 안 된다. 그래서
대부분 러시아 사람들은 구겨져서 간다. 하지만
나는 편하다. 엄청나게 편하다. 우와, 키 작아서
이득 본 거 평생 처음이잖아!
편한 침대에서 눈을 떴다 감으니 아침이었다.

믿어지지 않는다. 이제 곧 모스크바라니! 나무와 눈만 가득했던 바깥풍경이 점점 도시풍경으로 바뀌어 간다. 가방을 내리고 짐을 챙기고 패딩을 입는다. 이제 이 모든 과정이 자연스럽다.

마트에서 산 냅킨

RUSSIA

Москвá
모스크바
벨라루스역
레닌 그라드 역
모스크바 시티
숙소
붉은 광장
키예프역
트레치아코프 미술관
노보데비치 수도원
고리키 공원
파벨레츠 까야역
승리 공원
참새언덕

푸시킨광장

펠리시예프 상점

스타니슬라반스키극장

울가아파트

트베스카야 광장

모스크바 시청

볼쇼이극장

부활의 문

카잔성당

조국전쟁박물관

금백화점

크렘린

붉은 광장

레닌묘

성 바실리 성당

궁전극장

스파스카야 망루

모스크바 강

모스크바 강

강의 다리

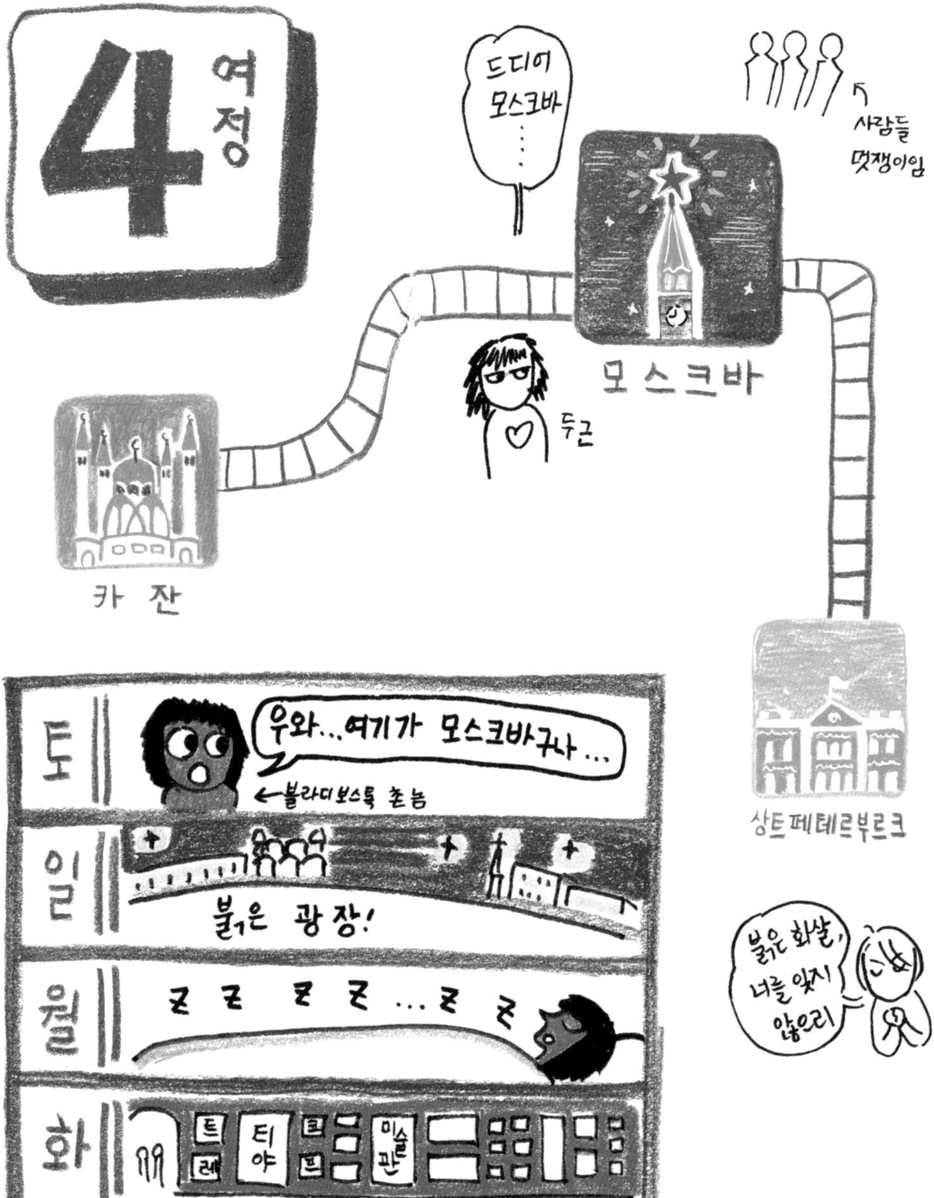

4 여정

드디어 모스크바...

사람들 멋쟁이임

모스크바

두근

카 잔

상트 페테르부르크

붉은 화살, 너를 잊지 않으리

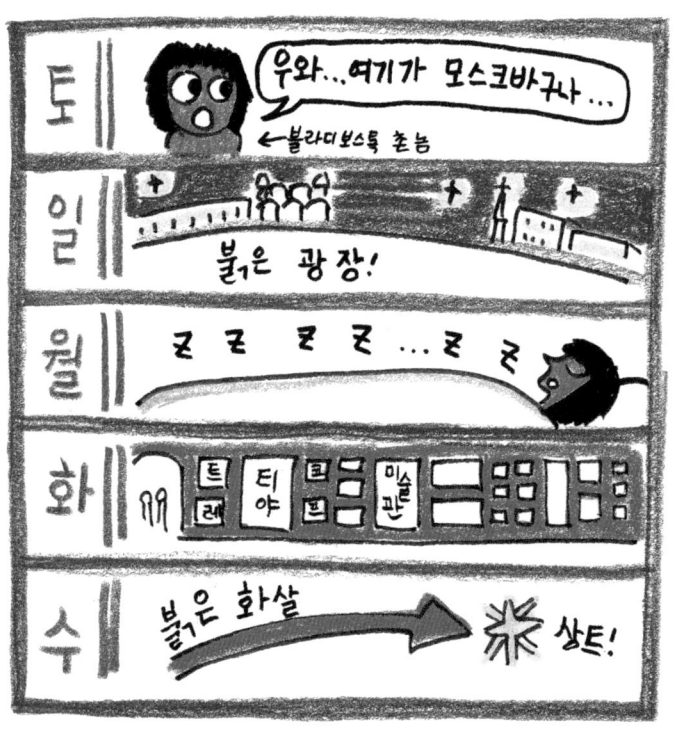

토 | 우와...여기가 모스크바구나...
← 블라디보스톡 촌놈

일 | 붉은 광장!

월 | ㅋㅋ ㅋㅋ ... ㅋㅋ

화 | 발레 | 티야 | 크 트 | 미술관

수 | 붉은 화살 → ❋ 상트!

여행을 시작한지 14일째, 우리는 드디어 모스크바에
도착했다. 열차에서 내리니, 더 이상 선로가 없었다!
선로가 없다니! 열차가 어디론가 더 가지 않는다니!
여기가 정말로 종착역인 거다. 열차들이 마치
주차장에 대놓은 것처럼 잘 수납되어 있었다.

지붕 : 철근 프레임
벽
벽
우리가 타고온 기차
→ 선로
→ 승강장
→ 다른 기차

그러고보니 기차가 벽에 주차된 모습은
처음 보네! (한국서도 못본듯)

기념사진도 열심히 찍었다. 이건 찍어야 한다.

시베리아 횡단열차 (완)

뭐지

생전 첨 보는 눈을 하고 우릴 쳐다보고 가는 러시아인들

아니 ㅋㅋㅋ 조금 발랄하게 사진 찍을 때마다 러시아 사람들이 너무 놀란다. '저런 사람 처음 보네' 이런 눈길로 쳐다 보면서 간다고 ㅋㅋㅋ 점프샷을 하는 것도 아니고 양팔 벌린 거 정도로 세상 놀라는 러시아 인민들이여.

찰칵

지나가던 러시아 부녀

너도 아까 걔들처럼 해봐!

싫어.

러시아인인 치곤 발랄한 아저씨가 자기 딸도 우리

처럼 찍고싶어 했지만

딸은 단호히 포즈를
거절했다. 러시아
사람들에게 그런
방정맞은 포즈는
몹시 부끄러운게 분명하다.

흥. 그런걸
어떻게
해!

대합실을 거쳐 밖으로 나오니 우악, 엄청나게 커!!
와... 이때까지 내가 거쳐온 곳과는 비교가 안되게
차가 많고 복잡했다. 사람들도 엄청나게 많다!!
마치 20살때 포항에서 서울 처음 올라왔을 때처럼
대혼돈. 블라디보스톡 촌놈이 모스콕바에 오다니!

체감상   이런 느낌

가까스로 택시를 불러 우리가 예약한 숙소로
갔다.

힉!
아파트도
엄청 커!

숙소는 100년
전에 지어진
1동짜리 아파트
먼트인데 15층이
넘고 엘리베이터도
있다. 한층마다 집이 수십개
가 넘는 것 같다.!! 오래 됐지만

관리가 잘 되고 있는지 아직도 단단해 보인다.
로비도 3층 높이로 천장이 터져있어. 더 거대한 느낌
이다. 우리 나라 아파트들과 느낌이 아주 다르다.
거대 오피스텔과 더 비슷한 느낌이려나.

와아아아아..

← 지속적으로 놀라는 블라디 보스톡
촌놈

관리인이 나와서 함께 올가의 집으로 갔다. 올가 집 들어가자마자 아까 눈 커진 것의 2배가 더 커졌다! 이럴 수가 !! 이게 집이라고? 완전 갤러리 잖아 !! 거의 3미터에 가깝게 탁 트인 천장에, 샹들리에가 달려있고, 2미터가 넘을 대형 창문에서 빛이 쏟아지고 있다. 모든 벽에 빈틈없이 올가가 그린 그림이 빽빽하게 걸려있다 !! 이것이 숙소라니 !! 아니, 이런 곳인데 airbnb 사진은 왜 그렇게 찍은 거지?

칙칙한 골목사진

칙칙한 창문

칙칙한 침대

낡은 컴퓨터

칙칙한 주방

사진보고 사실 크게 맘에 안 들었지만 위치가 좋아서 온 건데 이럴 수가 !! 심지어 싼데 !! (4박 27만원)

모가 내부의 모습을 그려주었다.
ㅋ. 너무 좋다.

글·그림 모호연 →

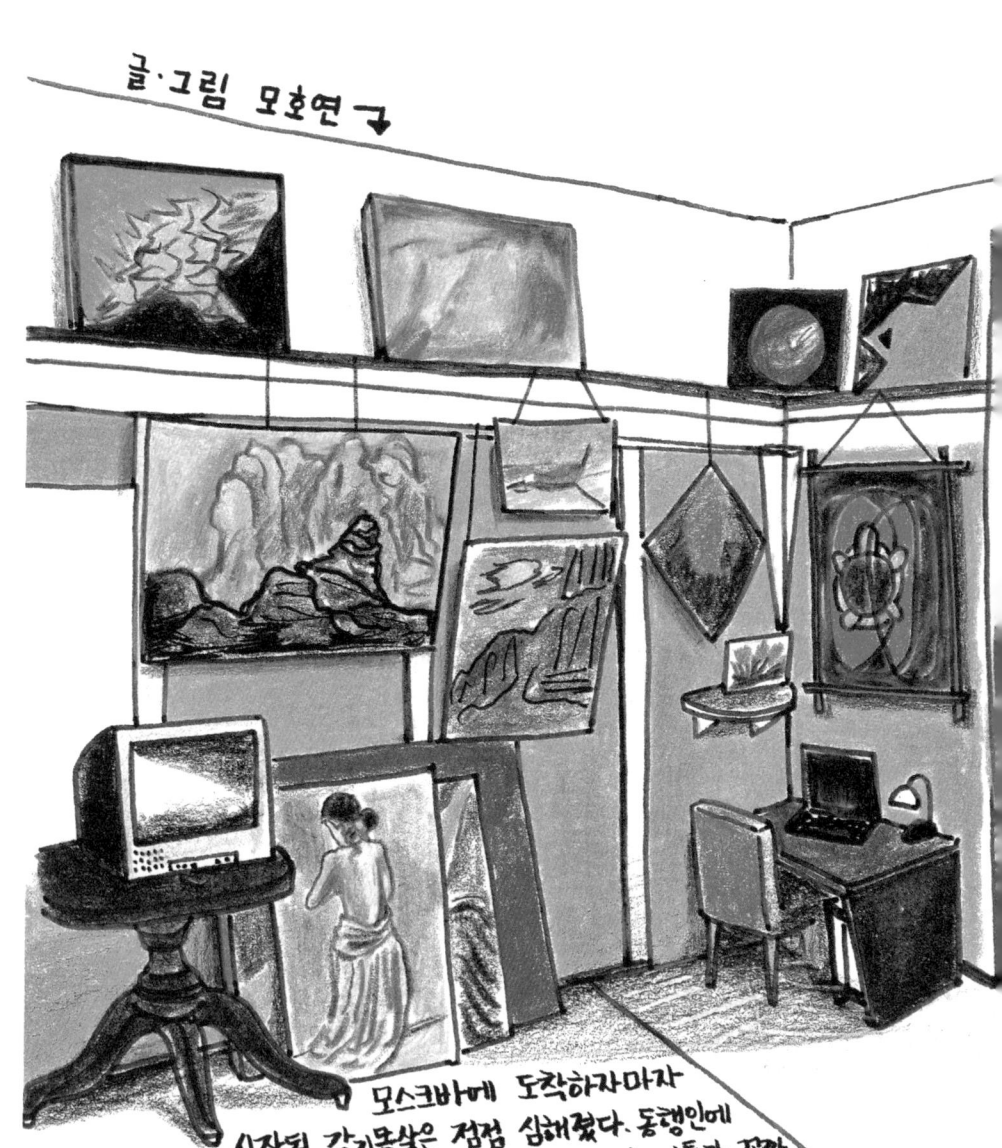

모스크바에 도착하자마자
시작된 감기몸살은 점점 심해졌다. 동행인에
미안한 마음이 들어 무리하다 일을 키웠던 것이다. 이틀간 꼼짝
못하고 누워 시간을 보냈다. 올가의 집이 아니었다면 나는 터 외로웠
을 것 같다. 까무룩 잠이 들었다 눈을 뜨면 사방에 걸려 있는 누군가의
그림들이 나를 지켜보고 있었다. 그림은 바라보기 위해 그려지지만, 어떨땐
그 반대일 수도 있겠다는 생각이 든다.

침대 밑에는
아름다운 (하지만 낡은)
카페트가 있었지만 그리지
못했다. 상상에 맡길수밖에.

올가네 집은 작가가 원래 사는 집인가? 싶을
정도로 생활에 필요한 모든 것이 다 있었다.
주방에 주방세제, 손 청결제, 모든 조리도구, 모든 양념.
주전부리까지 있었고, 화장실에는 치약, 가글, 화장솜,
물티슈, 메이크업 리무버, 아세톤, 손톱깎이, 면봉
까지 다 있었다. 욕조는 고장났는지 물이 잘 빠지지
않았지만 그정도 감수할 수 있지.
관리인 (올가 제자로 추정)이 가자마자 씻지도 않고
일단 잤다. 우아아.. 정말 피곤... 픽온.. 픽off...

픽on 픽off

한 두세 시간 자고 일어나니 너무 배고팠다.
구글 지도로 보니 길 건너에 바로 마트가 있길래
거기서 물도 사고, 먹을 것도 사자 싶어 갔다.

내가 생각한 마트

여기다

푸시킨
동상

공원

*바로 앞이지만 횡단보도
가 없어 지하도로 갔다.

옐리시예프
상점

우리
숙소

↖잘못그려서
종이새로 붙임

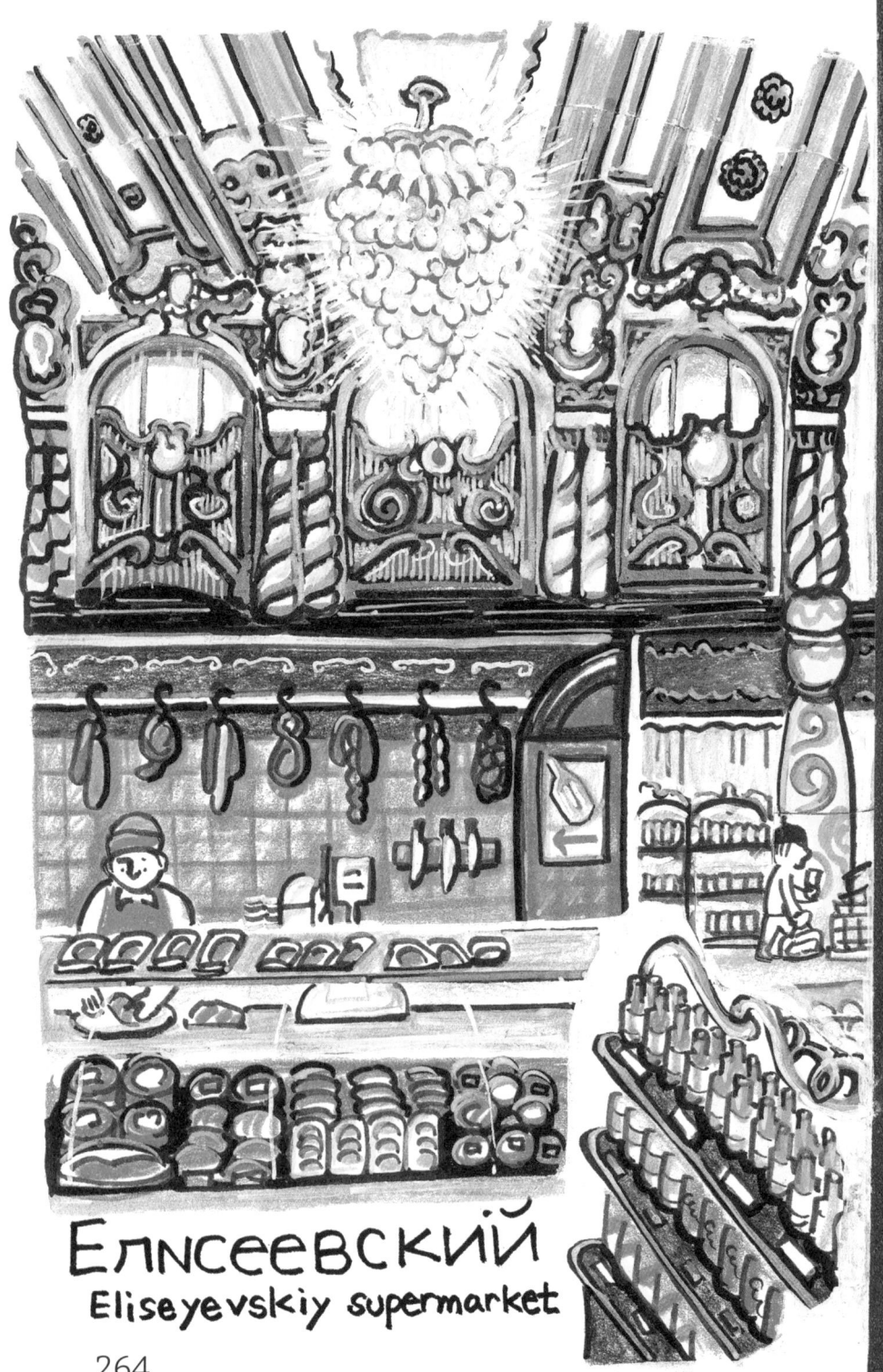

Елисеевский
Eliseyevskiy supermarket

264

아니, 이게 뭐야. 여기가 마트라고??? 제대로 찾아온 거 맞나? 음료수도 보이고 술도 보이고 초콜렛 있고하니 맞는 거 같긴 한데 진짜??

옐리시예프 상점은 1901년에 개장한 슈퍼마켓 이라고 한다. 공산주의 시절에도 운영했던 것 같다.

거의 3층 높이로 뻥 뚫린 천장에는 크고 화려한 샹들리에가 매달려있다. 화려한 기둥들이 천정을 받치고 있다. 곳곳에 대형그림들도 걸려있다. 전체적인 색깔은 아이보리색이고 금색도 풍부하게 많이 썼다. 으엉 좋다 ㅠㅠ 화려한 천장색라 달리 진열대는 진한 밤색이라 물건이 더 돋보인다.

수입 식품들과 관광기념품도 팔고있지만 실제 생활에 필요한 식품들도 팔고 반찬도 판다. 정육코너도 있고 빵 코너도 있다.

너무 아름다워...

특히 반찬 코너가 크다. 반찬 코너의 풍경은
한국 마트하고 똑같다. 냉장 진열대에 반찬들이
수북하고, g별 가격이 적혀있다. 아예 소포장
으로 싸놓은 것도 있어 그냥 들고가 계산해도
된다. 사람들은 점원에게 뭘 달라고 말하고
그럼 점원이 1회용용기에 반찬을 떠서 무게를
달아 가격택을 붙여준다.

나도 반찬을 사보고 싶은데 긴장됐다.. 그래.
반찬 산다는데 꺼지라고 하지는 않겠지!
다가가 용기를 내서 손가락으로 가리키며 주문
했다. 점원은 반찬을 떠서 용기에 담고 택을
붙여 나에게 줬다. 만세!! 해냈다!
용기를 얻어 반찬 여러개를 더 샀고 햄과
빵, 볶음밥, 과일, 조각케이크, 닭고기 등
팔이 부러질 정도로 사서 숙소로 돌아왔다.

켈리 시에프 상점에서 산 것

당근김치 + 아티쵸크 절임

← 러시아 당근 김치
한인들이 김치가 그리워 만든 것인데 지금은 러시아 국민반찬. 모든 마트에 다 있음

100루블 = 1800원

샤슬릭 볶음밥
한국맛 하고는 꽤 다름.
샤슬릭 잘게 잘라 당근 등과 같이 볶은것. 존맛임

빵 ↑

가격 까먹음

안에 허브를 넣고 압착시켜 만든 신선 오리고기 햄

90루블

콩, 치즈, 옥수수, 깍지콩 파프리카 등을 식초에 버무린 신선 샐러드

110루블

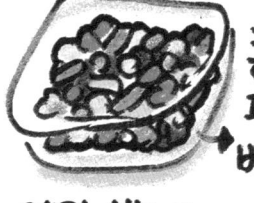

→ 계란 샐러드.
마요네즈에 계란, 오이, 햄, 사과 등을 넣고 버무린 것. 한국에서 먹는 것과 똑같음.

올리브

비트 무침
→ 비트와 콩 샐러드
근데 '무침'에 더 가까운 느낌

175루블

으아아아아아!! 이게 여행중에 먹는 식사라니! 이게 마트에서 사온 거라니! 다 합쳐서 2만원 정도도 안 된다니! 심지어 아직 2번 더 먹을 분량이 남았다니!

가운데에 음식 놔두고 자기 접시에 덜어서 먹었다.

다 먹고도 한참 남았다! 내일 2끼도 마저 먹을 것 같다. 예이 ㅠㅠ

러시아 사람들도 집에서 밥 먹을때 우리처럼
테이블에 반찬 이거저거 꺼내놓고 먹는 것 같다.
반찬이라고 밖에는 표현이 안 된다. 반찬은 샐러드
가 많은데 푸성귀 샐러드는 별로 없고 콩샐러드가
제일 많다. 모든 음식에 딜이 들어있다. 김치류와
피클류도 많다. 아무래도 날씨 때문이겠지?
덕분에 러시아에서 밥먹는 건 즐겁다. 특히 오늘
처럼 여러 가지 골라먹는 게 너무 좋다. 신선하고
배도 편안하다. 아, 그리고 홍차도 꼭 같이 마셔
야 한다. 러시아 사람들은 실론 티를 많이 사는
것 같아서 나도 아마드 사의 실론티 티백 1각
샀다. 다 먹고 과일과 케이크까지 먹었다!
뭐야... 겨울나라 러시아 왜 과일 이렇게 풍성
하고 싸고 맛까지 있냐! 알고보니 러시아사람들이
먹는 대부분 과일은 흑해 쪽 국가들에서 수입하는
것이라고 한다. (우크라이나, 조지아 등등)

억..터진다...

너무 많이 먹어 소화제까지 먹었다. 아까 오렌지쥬스 , 요거트까지 사왔는데 이건 먹지도 못한다 ㅋㅋㅋ

부른 배를 부여잡고 일정을 짜보려다가 결국 잤다. 엄청난 딥슬립.

다음날 일어나니 6시 반이다. 대체 어제 몇시에 잤기에.. 기차로 오는 동안 시차가 생겨 몸이 지금 몇시인지 헷갈려한다. 모가 일어날 때까지 아침 간단히 먹었다.

빵

홍차

당근김치 ←

(고춧가루없는 무생채와 비슷한데 당근임)

빵 위에 당근김치 올려먹는거 존 맛♡

270

모는 목이 붓고 상태가 그리 좋지않다. 사실 나도임...

몸이.. 좋지않다...

한국에서부터 걸린 감기가 아직도 안 나왔다. 목은 지금 2주째 부어있다. 비로소가 주고 간 프로폴리스 스프레이를 뿌리면서 좀 좋아지나 싶었는데 피곤하면 얄짤없이 다시 아프다.

냄새 정말 안 좋다. 1호선 좌석 시트 핥는 맛...

칙

ㅎㅎ

우웩

모는 그래도 나가겠다고 해 노보데비치 수도원에 가기로 했다. 지하철로 이동해 해당역에 내려 한참을 걷는데도 안 나온다. 알고보니 지금 수도원 공사 중이라 가려놓아서 코 앞에 있는데 못 본 것 이다. 오늘 주일이라 예배를 마치고 나오는 신도들 이 꽤 많다.

다들 스카프를 머리에 썼다

271

노보데비치 수도원은 16세기에 지어진 것으로
황실 가족과 귀족 여성들이 수녀생활을 한 곳이라고
한다. 우리 나라의 비구니 절 같이 여성들이 안전히
몸을 숨기거나 또는 감옥처럼 가둬놓는 장소같다.
(특히 표트르 1세 황제의 이복누이 소피아가 유폐된
곳으로 유명)

난 16세기에
태어났으면
수녀원 자진 입소
한다

그떤 수도원이 차라리
자유로웠을 수도 있어

솔직히 16세기에 여자로 사는게
얼마나 힘들어. 그것도 감옥이야

수녀원의 많은 곳이 공사 중이라 이걸 봤다고 해야
될지 모르겠다. 좀 아쉬웠다. 그래도 이콘 박물관이
있길래 열심히 봤다. 그것도 입장료는 따로 받는다.
러시아 일일이 돈 꼼꼼히 버네?

← 이콘박물관에서 본 신기한 것
이건 이콘이 아니라, 이콘 덮개다
이콘에 딱 맞게 만들어 안에
이콘을 넣으면 얼굴,손,발만
노출된다. 인형옷입히기 같다.
순금이나 순은으로 되어있다.

ЧАСТНОЕ УЧРЕЖДЕНИЕ КУЛЬТУРЫ
«ЦЕРКОВНЫЙ МУЗЕЙ МОСКОВСКОЙ ЕПАРХИИ
РУССКОЙ ПРАВОСЛАВНОЙ ЦЕРКВИ»

ВХОДНОЙ БИЛЕТ

СТОИМОСТЬ БИЛЕТА .... 300 .... РУБ.

119435, Г. МОСКВА НОВОДЕВИЧИЙ ПР-Д. Д.1 (СТ. МЕТРО «СПОРТИВНАЯ»)
ТЕЛ./ФАКС: (499) 246-8526
МУЗЕЙ ОТКРЫТ С 9.00 ДО 17.00.

СЕРИЯ Б

№ 094616

Новодевичий Монастырь

노보데비치 수녀원

수도원에서 나와 택시를 타고 유기농 작물·음식 페스티벌이 열리는 스타디움에 갔다. 한국택시같음 "여기서 내리고 저기 보이죠? 길 건너 가세요"하면 될 거리인데 지정된 정거장에 내려주느라 동네 한 바퀴를 돌아 내려줬다. 택시 승하차하는 곳이 상당히 엄격하다. 꼭 거기서만 내려준다.

유기농 마켓은 대단한 때깔과 규모였으나 너무너무 비쌌다... 한국보다 더 비싼거 실화냐고. 가격이 비싸니 '합리적 선택'을 해야한다는 마음에 베이징 덕이 들어간 누들을 먹었는데... 맛없어!!

삼기불펴

러시아에서는 아시안식을 먹지 맙시다..

윽 침울
소침...
다 비싸...

마상

비싸고 맛없는 것을 먹자 걷잡을 수 없이 나빠진 분위기. 메트로를 타고 다시 숙소로 돌아왔다.

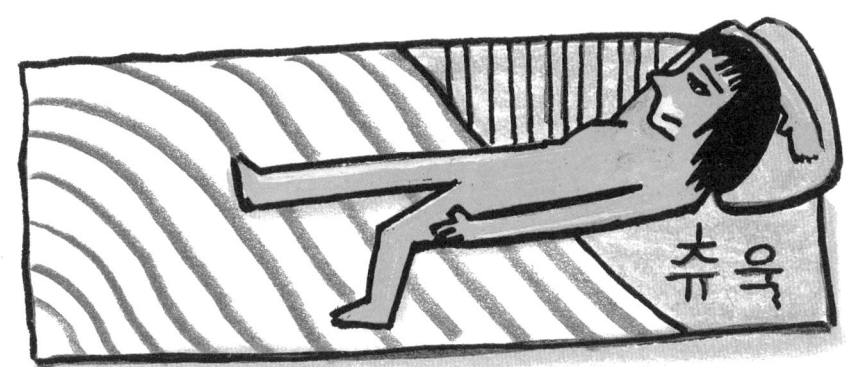

숙소에 돌아와서도 안 좋은 기분은 그대로다.
맛없는 것 좀 먹었다고 이럴 일인가? 가슴이
답답하고 몸이 한없이 가라앉……

아아아아....PMS였구나! 난 또 뭐라고!
어쩐지 몸이 젖은 걸레 같더라니…가슴이
답답하다 했더니. 그럼 그렇지. 컨디션이 왜 안
좋은지 알고나니 마음에 평화가 찾아온다.

몇시간 자고 일어났더니 저녁이다. 마트에서 사온 걸로 밥 먹고 밖에 슬슬 나가봤다. 올가 집에서 큰 길로 나가 대로를 따라 걸어가면 모스크바의 심장인 붉은 광장이 나온다. 곧 부활절이라 그런지 도시 여기 저기에 루미나리에도 있다. 길이 엄청나게 넓고 크다. 넓은 땅떼기를 주체못하는 것 같은 이 규모들 뭐냐.

우어 대국

고속도로 인출…

8차선 대로

4차선 넓이의 인도

제정 러시아부터 있었을 것 같은 오래된 건물들

나

건물은 모두 20층 이상 엄청나게 높고 크다. 가로세로 다 크다.

시청문

ㅇㅇㅇㅇㅇㅇ

나

러시아… 돈 많았었구나…..

278

20분 정도 걸어가니 사람이 점점 많아진다.
다들 부티가 흐른다. 가게마다 환한 불이 켜져있고
레스토랑에는 손님이 가득차 있다. 쇼핑백을 들고
다니는 사람들도 많다. 점점 그곳이 보인다.
사람들은 모두 그쪽을 향해 가고있다.

와.... 말이 안 나온다. 말이 안 나와.

내가 텔레비전에서 봤던 그것들이 전부 여기 있는

거였어?? 길을 건너 크렘린으로 가까이 가는데 모든

건물이 다 너무 아름답고, 밝고, 크다. 크기에 압사

당하는 느낌이다. 이 느낌을 어떻게 설명해야 좋을까.

온 사방에 현대적 건물이 하나도 없고 마치 19세기

에 온 것 같은 기분이다. 주변 모든 건물이 문화재

라니! 가이드북에 작게만 실려있던 조국전쟁박물관

이나 카잔성당도 너무 크고 아름답다! 게다가

밤이고, 조명이 밝게 켜져있어서인지 더 아름답게

느껴진다. 아니 이 모든게 한 군데에 있다니.'

부활절이 다가와서 그런지 건물과 건물 사이에도
화려한 조명을 드리웠다. 어디로 가는지도 모르고
불빛을 따라갔다.

걷다보니 식당가와 푸드트럭들이 있고, 회전목마도
있었다. 공짜라고 해서 우리도 얼른 달려가 탔다!

러시아 모스크바서
타는 회전목마라니

낭만의 끝이다...
하지만 놀랍게도
그때부터 시작
이었다. 회전목마
에서 내려 위쪽
으로 올라갔다.

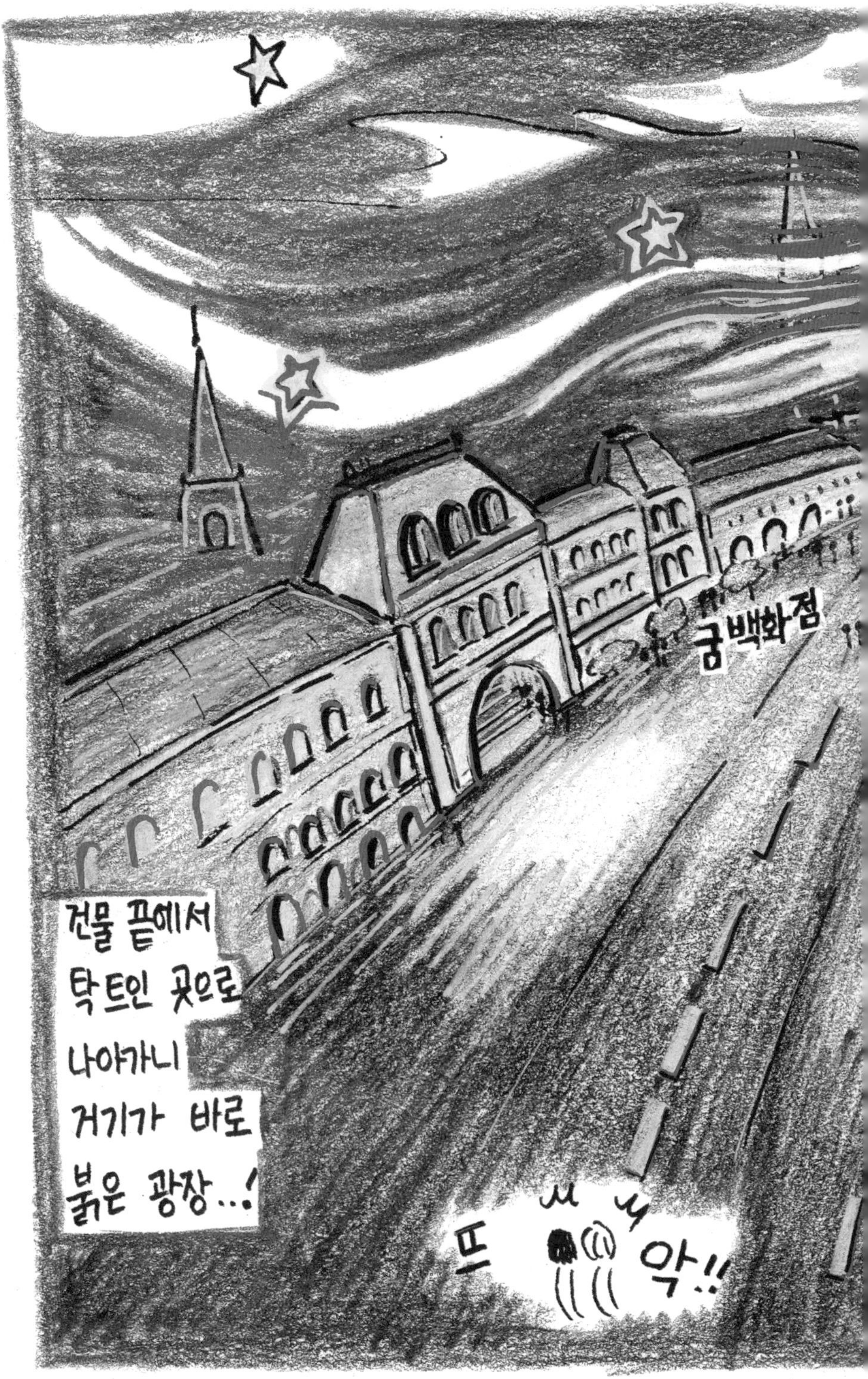

굼 백화점
건물 끝에서
탁 트인 곳으로
나아가니
거기가 바로
붉은 광장...!
뜨악!!

우 왓 앗 ......

허 어 억 ......

와.. 와와와.. 와와..이게 붉은 광장이구나.
여기가 러시아의 심장이구나. 빨개서 붉은 광장이
아니었어. 너무 아름다워 붉은 광장인 것이었어!

내가 상상한
붉은 광장

지워지지
않는
핏자국

러시아인에게
붉다=아름답다

정말 너무너무 크고 넓었다. 정말로 앞의 그림처럼 보였다. 마치 지도 어플에서 로드뷰를 보는 것처럼 비현실적인 느낌이었다. 지평선이 바다처럼 곡선이었고, 땅도 하늘도 둥글게 왜곡되어 보였다. 아니, 내 눈에 보인 풍경이니 왜곡이란 말은 맞지 않겠다. 태어나서 내가 본 것 중에 가장 넓은 광장이었다. 밤하늘에 떠있는 반달과 빨간 루비별, 반짝거리는 별들. 마치 내가 스노우볼 안에 들어있는 듯한 느낌이었다.

Красная Площадь

말도 안되게 넓은 광장을 걸어 성바실리 성당까지 갔다. 이게 바로 그 바실리 성당이구나!!
정말 현실감이라고는 1도 없는 성당이었다. 실제 건축물이 아니라 모형이나 장난감, 모형 같이도 느껴졌다. 역시 여긴 스노우볼 안인가!

사원들이 보통 정형적인 모습이 있는게 보통인데

바실리 성당은 그런게 없었다. 건축가가 어릴때 그렸던 그림에서 아이디어를 얻은 걸까? 아니면 꿈 속에서 본 모습일까?

이반 뇌제

성바실리 성당은 카잔 정복을 기념하며 1555년에 지여졌다. 당시 황제인 이반 뇌제는 건축가가 이런 건물을 또 지을까봐 눈을 뽑아버렸다고 한다.
와.. 은혜를 원수로 갚네. 예술노동자 대우 보소!!

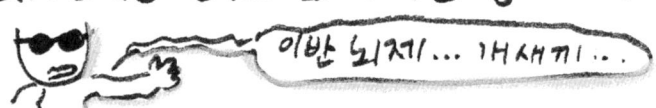

이반 뇌제... 개새끼..

성 바실리 성당도 그리고 싶지만 팔이 너무 아프다.
곧 그려야지.... 성 바실리 성당 옆에 서있는 구원의
탑도 너무 아름답다. 체감상 아파트 25층은 넘을 것
같다. 탑 사방에는 대형 시계가 달려있고 꼭대기
에는 빨간 루비별이 달려있다.

방향도
돌아감

1937년
사회주의 혁명 20주년에
매단 별.
빨갛게 불이 들어온다.

걸에서 광장을 왔다갔다 하다가 굼 백화점도 갔다.
굼 백화점은 소련 당시 보여주기 식의 백화점이라
물건도 별로 없었다고 하는데 지금은 당연히 꽉꽉
차있다. 신기하게도 국영백화점이다. 안에서 아이
스크림도 사먹었다. 피곤할 때까지 구경하고 숙소로
왔다. 정말 피곤하다. 내일은 아무데도 안 가기로 했다.
정말 정말로 쉬어야지 .

마트에서 사온 체리 초코 케이크

홍차

ㅋ ㅋ ㅋ

여행 시작한 이후로 처음 100% 휴식. 아무 것도 안함

갈등할 필요없게 폭설 내렸스다

다음날,

289

휴... 하루 온 종일 집에만 있으니 너무 편하다. 역시
인간은 쉬어야해. 그동안 기차타고 다닐 때도 물론
편했지만 늘 긴장상태였던 것 같다. 집 안에 있으니
안전하게 느껴진다. 순간 집이 생각났다. 모스크바에
왔으니 이제 집에 돌아가면 되는 거 아닌가. 아니다.
상트페테르부르크에 가야한다. 더 여행을 하고싶은
마음과 집에 가서 아무 곳도 안 가고 싶은 마음이
공존한다.

➤ Varenychna N

다음 날, 느적느적 일어나 길 건너 레스토랑에서
아침을 먹었다. 직원들 옷부터 메뉴까지 모두 소비에트
스타일로 꾸민 곳이다. 인테리어가 예쁜 것에 비해
막 맛있지는 않다. 인스타맛집 같은 곳인가...

옆의 종이처럼 색칠공부하는 도구들도 있다. 러시아의
식당들엔 대부분 색연필과 색칠공부책이 있었다.

기다리는 →
동안 뭐가
칠한 까

베이블매트인데 색칠공부를 할 수 있게 해놨다. 물론 어른도 해도 된다

배경은 내가 칠했음

ДЕТСКОЕ МЕНЮ
ДНИ РОЖДЕНИЯ
ТЕМАТИЧЕСКИЕ ПРОГРАМ
ОБУЧАЮЩИЕ МАСТЕР-КЛА
ПОДРОБНОСТИ

+7 (903) 756-08-
+7 (903) 147-64-
+7 (906) 029-48-

그래서 그런지 애들은 다들 자기 자리에 붙어있다.
물론 떠들거나 돌아다니는 애들도 있다. 하지만 아무도
눈치주거나 혼내지 않고 웃어준다. 러시아 사람들은
아이를 엄청 엄하게 키울 것 같다 생각했다. 전제
주의에 수직적인 사회라 우리나라처럼 두들겨패며
(소련시절)   (7~90년대)
키울 줄 알았다. 그런데 의외로 러시아 사람들은
아이에게 아주 너그럽다. 가정에서 체벌을 하는 일도
없고 아이들의 말도 존중해준다고 한다. 부모와 아이
사이도 친근하고, 아주 가깝다고 한다. 추운 겨울이라
모두가 집안에서 오래 지내기 때문일까? (그
때문인지 러시아는 전 세계에서 섹스를 가장 많이
하는 나라이기도 하다) 아이에게 물질을 많이
베풀어주진 못해도 시간과 사랑은 아낌없이 준다는
러시아 사람들... (눈물 찔ٝ)

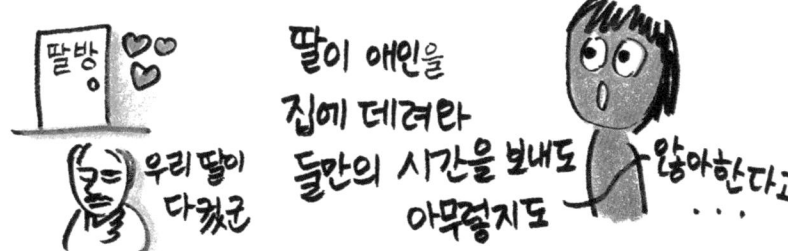

딸방 ♡♡

우리 딸이
다 컸군

딸이 애인을
집에 데려와
둘만의 시간을 보내도
아무렇지도

않아한다고
...

너무 꾸물거렸더니 벌써 2시가 넘었다. 트레치아코프 미술관 가야하는데! 버스타고 도착하니 거의 3시. 6시까지 다 볼수 있을 것인가... 안되겠다. 원래같이 여유롭게 못본다 이건.... 초스피드로 봐야한다!!

앞뒤좌우를 동시에 보며 빠르게 이동중. 관광지에서 삐끼타 호객을 빠르게 지나치며 볼거 다보는 스킬과 유사

코트룸에 강제로 코트맡기고 멀어 붙은 모호연

그림이 많다!! 엄청나게 많다. 대륙답게 크고 스케일이
거대한 그림이 많다. 사람 한 백명 나오는건 기본..
군중 그림, 전쟁 그림, 아이구 보기만해도 힘들다. 저걸
언제 다 그린 거야. 어시스트가 많았겠지? ← 직업병

책에서만 보던
이콘도 있었다.
← 러시아 사람들,
성당에 전부 새
이콘 밖에 없더니
진짜 오래된건
다 박물관에
있었구나!

↑
보는 사람이
더힘든 여윈
고통받는
그리스도

휘청

어질
황홀

방과 방을 지날 때마다 끝없이 이어지는
명작들…. 봐도봐도 끝이 없어 너무
행복하다. 엉엉

너무 아름답다 저

이 얼마지 가격

뭐라 말했지만 7억 이거.

화가장의 값은 이거.

가격가 7m 50cm

세로가 5m 40cm.

거의 실제사람만

비슷한 크기로 되는 뭐

있다. 마치 내가 이

군중속에 있는

처럼 느껴진다.

이거는 있어서

앉아서 한참 봤다.

1837~1857

시간이 너무 빨리 가서
이콘방으로 갔다. 일찍
왔어야 하는데 ㅠㅠ
현대미술 쪽은 포기
했다. 영영.. 하지만
이콘들이 너무 압도적
이라 포기한 보람이
있었다. 미술책에서 본
고전들이 여기 있었다니.
이콘들은 종이나 캔버스

에 그려지지 않았고 대부분 나무 위에 그려져 있었다.

교회 벽을 그냥 떼왔나? 싶을
정도로 가장자리가 투박하다.
그림에 아주 오래 전 칠해진
물감들이 조명에 반사되어 빛이
난다. 그림 안에서 나를 직시하는
눈빛이 살아있는 것 같다.

→ 안드레이 주블료프 「우리의 구세주」
1410년

296

안드레이 루블료프 「삼위일체」 1420년대.

이 부족한 시간에 결국 뮤지엄샵까지 들렀다
엽서와 미니사이즈 도록을 샀다. 봤던 그림이
거의 다 들어있었다.

박물관에서 나오니 해가 기울고 동쪽하늘이 새파랬다.
아직 낮은 환하다. 아주 맑은 겨울날이다.

토레티야코프
미술관 아님

미술관을 등지고
본 풍경

돌아오는 버스에서
본 노을

숙소로 가는 버스를 탔다. 버스 안이 온통 노란 빛이다. 버스 안에서 노을이 보인다. 빛이 너무 강해 눈을 잘 뜨지 못하는데도 기분이 좋다. 버스가 성바실리 성당 뒤로 지나가자 내가 마치 모스크바 시민이 된 것 같다. 언젠가는 하루종일 시내버스만 타는 여행도 해보고 싶다.

우리 숙소 근처에서 내렸다. 그런데 이상하게 사람이 좀 많다? 싶더니 점점 더 많은 사람들이 몰려든다. 으악! 이게 뭐야! 사람들은 굳은 표정으로 꽃을 들고있다. 이 와중에 나는 모를 잃어버렸다. 사람 무리를 필사적으로 헤치고 나왔다. 사람들은 촛불과 꽃. 인형을 들고 있다. 아무도 말을 하지 않는다. 곧이어 모도 무리를 빠져나왔다.

(푸시킨광장)

이게 무슨 일이야?

몰라

나중에 알고보니 우리가 모스크바에 있을 때 케메
보로라는 도시에서 큰 화재가 있었다고 한다. 쇼핑몰
안에서 큰 불이 나서 150명이 넘게 죽고 실종
됐다. 특히 어린이 놀이시설이 많은 곳이라 죽은
사람 대부분이 아이였다고 한다. 불이 처음 났을때
관리인이 화재경보기를 꺼버려 사람들이 빨리
대피하지 못했고, 비상구가 잠겨있어 안에 다
갇혀버려 피해가 더 컸단다. 우리나라처럼
시스템을 관리하지 못해 생긴 인재다. 그래서 러시아
사람들도 분노해 곳곳에서 푸틴을 규탄하는 시위가
열렸다. 우리가 본것은 그 시위였던 것이다.

Пушкинская
площадь

푸시킨 광장

평화 속에서
행복하게 휴식하기를

블라디보스톡의 기념품가게에는 푸틴이 새겨진 컵,
티셔츠, 라이터, 접시가 있었다. 이르쿠츠크 역에는
푸틴을 곰인형화한 인형과 옷이 있었다. 민박집의
아주머니는 푸틴이 선거에 이겼다고 환호하며 행복
해했다. 모스크바에선 푸틴을 규탄하는 집회가
열리고 있다. 어제 본 신문에는 고민하는 듯 머리를 감싼
푸틴의 모습이 1면에 실렸다. 러시아 안에서 지역을
이동하며 사람들의 생각이 달라지는 모습을 보았다.
하지만 화재 참사의 어린이들을 생각하며 가슴아파
하는 것은 똑같겠지. 아이들이 다른 세상에서 행복
하길 바란다.

푸시킨 광장 길 건너에는 러시아 1호 맥도날드가
있다. 구소련이 서방세계와 교류하며 1990년에
처음 생겼다고 한다. 오픈한 날 천여명이 줄을
섰다고. 들어가보니 지금도 사람이 정말 많다. 앉을
자리가 없을 정도다. 러시아 젊은이들은 다여기 있나?
(벙 안치고 200명 넘게 왔음....)

대부분 젊고, 혼자 왔고, 혼자 먹고 있다. 모와 나도 키오스크에서 주문을 했다. 물론 맛은 똑같았다.

다음 날, 모가 많이 아프다. 목이 퉁퉁 부었다.

혼자라도 나가 놀고 오라고 해서 밖에 나갔는데 크게 가야겠다 싶은 곳이 없어 약국 가서 후두염 스프레이를 사고 마트에서 먹을 것도 샀다. ↖ 한 문장 왜 이리 길어 후두염 스프레이 한국 것 보다 싸고 큰데 그만큼 한번에 많이 나오고 엄청 아픈 듯... 염증을 지져 버리는 건가? 술도 세고 약도 센 러시아.

오늘은 밤에 상트페테르부르크로 떠난다. 원래는 체크아웃이 2시인데 무려 오후 9시까지 연장해 준 집주인 올가씨... 천사인가? 레이트 체크아웃이 가능한지, 추가요금이 얼마인지 물어봤는데 오늘 예약없다고 밤에 나가도 된단다. ㅠㅠ 덕분에 밖에서 헤매지 않아도 된다. 이 숙소는 정말 최고였다.

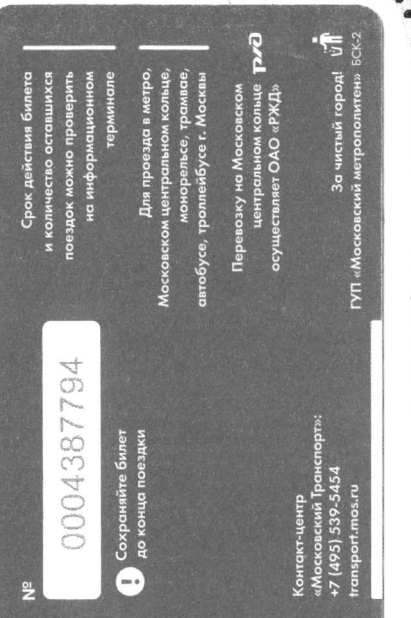

Единый

Ⓜ Московский Транспорт

№ 0004387794

ⓘ Сохраняйте билет до конца поездки

Срок действия билета и количество оставшихся поездок можно проверить на информационном терминале

Для проезда в метро, Московском центральном кольце, монорельсе, трамвае, автобусе, троллейбусе г. Москвы

Перевозку на Московском центральном кольце осуществляет ОАО «РЖД» ТЦ

За чистый город! ✈
ГУП «Московский метрополитен» БСК-2

Контакт-центр «Московский Транспорт»:
+7 (495) 539-5454
transport.mos.ru

| *모스크바지하철* |

쁠로쉬찌례발류치아
Площадь
Революции

혁명광장 역엔
소련시절 세운
청동상들이 있다.
혁명의 용사들의
모습이다. 만지면
복이 온다고?

숙
숙

사람들이 많이 만진부분은
금색으로 빛난다

제일 유명한건
이 개. 진짜
↙ 지나가면서
다 만짐

짐 다 사고 택시 불러서 기차역에 갔다. 모스크바역
이 아니라, 레닌그라드 역이다. 러시아 역은 그지역
이름이 아니라, 행선지 이름으로 되어있다. 레닌그라드
역은 모스크바에 있지만 모스크바 역이 아니다. 레닌그라드
가 종착지인 역이다.(아니 이게 무슨 소리야..)
그러니까 모스크바 안에는 레닌그라드역, 카잔 역,
벨라루스역, 키예프 역 등등이 있다. 레닌그라드에
가려면 레닌그라드역에 가서 레닌그라드행 열차를
타는 것이다.

모스크바
역은 어디
...?

→상트페테르부르크의
옛 이름
레닌그라드
역

벨라루스
역

모스크바
중심지

카잔역

키예프
역

빠뻴레츠까야역

모스크바역은
없음 주의

304

땅이 워낙 넓고 모스크바에서 사방으로 길이 뻗어있어
그런 것 같다.

서울역
용산역
→ 대전
→ 경부선
부산
광주
호남선

러시아
지도를
보면
M
러시아의
모든길은 모스크바에서 시작된다
해도 라인이 아니다.

레닌그라드
(상트페 ↑ 테르
부르크)

기 야로슬라블

그래서
모스크바를
러시아의 심장
이라 하나?

에스토니아
국

모스크바

→ 카잔

모스크바

크렘린

벨라
루스

예카테린
부르크

이르
쿠츠크

카리프
(흑해쪽)

볼고그라드

모스크바에서
모든 길이 시작되는데
그 중심에는 크렘린과
붉은 광장이 있는구조네

러
시
아

종맞고 유리깨진것 같은 모습

305

ФИРМЕННЫЙ ПОЕЗД
«КРАСНАЯ СТРЕЛА»

Сердца столиц соединяя

Горький шоколад

레닌그라드 역에 도착했다. 레닌그라드는 상트 페테르부르크의 옛날 이름이다.

Горький шоколад

러시아 제국 시절에 상트페테르부르크였고, 소비에트 시절에 레닌의 도시라는 뜻의 레닌그라드로 바뀌었다. 그러다 소련이 해체되고나서 다시 상트 페테르부르크로 바뀌게 된 것이다. 상트페테르부르크라는 이름도 보통 멋진게 아닌데, 레닌그라드라는 이름은 박수치고 싶을 정도로 멋지다.
러시아 지명들이 다들 멋지긴 하지만.

306

상트페테르부르크 예르미타쥬 미술관이 내 여행의 최종 종착지이다. 이제 여행은 딱 8일 남았다.

'붉은 화살' 기차를 타고 우린 오늘밤 상트페테르부르크로 간다. 붉은 화살은 소련 시절 공산당 고위관부들만 타던 고오급 기차다. 클래식한 외관과 인테리어로 관광객들에게 유명하다. 그런 ... 멋진 ... 붉은 화살을.

우왓…
흐엇!!

기차 옆면에 있는 글씨

일등석이라는 뜻

설레는 마음으로 기차를 타러
갔다. 으아아악!! 너무 예뻐!!
반질반질 빨간 외관이 만지면
미끄러질 것 같다. 방금 공장에서
나온 양 기스 하나 없다. 우아아아 아름다워!!!!

안에 들어가보니 예쁜 커텐에 카펫까지 깔렸다!

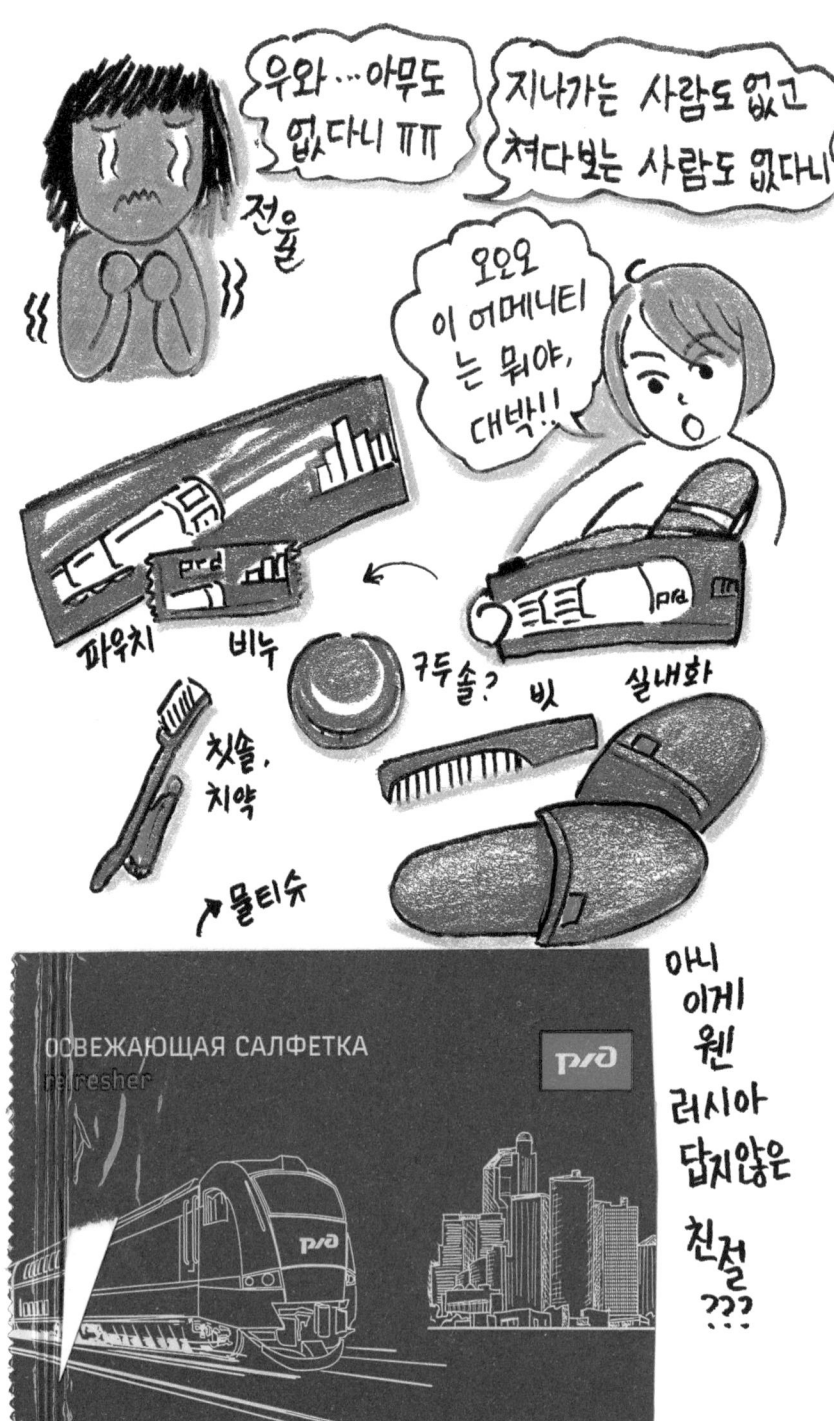

심지어 붉은 화살과 역이 그려진 포장지의 초콜렛
도..(앞 페이지에 있음) 있고.

이거 붉은 화살 최고의
굿즈 아니냐고 ㅠㅠ

참고로 맛은 없음

빵, 과일 , 홍차, 비스켓에
비싸보이는 과일쥬스까지
주네!

이것이
자본주의의
힘이군

바리바리 싸온 간식 먹을 틈도
없다. 눈물을 흘리며 붉은 화살을
만끽했다. 이렇게 자유로울 수가!! 아무도 신경 안

쓰고 활개칠수 있다니! 술취한 러시아 남자도 없고

안전하다니 !!

웬 호사냐 …

돈이 좋네.
돈이 좋아

우끼끼!

야호!

위히!

깔깔!

수고
했다

수고
했어
…

아니, 가격도 안 비싸다고... 모스크바에서 상트까지
밤기차로 이동, 수면 동시에 하고 1등석이고 아침까지
주는데 3998₽라고.... 아 진짜 너무 좋다.
^{1인}
↳한국돈 75,000정도
들떠서 모와 오바욱바를 하며 즐기는데 잠이 너무
온다.. 안 돼... 더 놀아야 해! 아무리 눈꺼풀을 들어
올려봐도.. 너무.. 졸 리 ....

312

깨끗하고 편한 매트리스에 눕고 방문도 잠궈놓으니
너무 편안하고 안전하다. 창문 밖으로 지나가는 가로등
불빛도 점점 줄어들고 기차는 이제 밤 속을 달린다.
불을 끄고 창문 밖을 보니, 눈 쌓인 평원 위로 별이
반짝인다. 딱 맞는 사이즈의 침대에 딱 붙들려,
흔들어주는 기차의 리듬에 나는 편안히 잠이 든다.

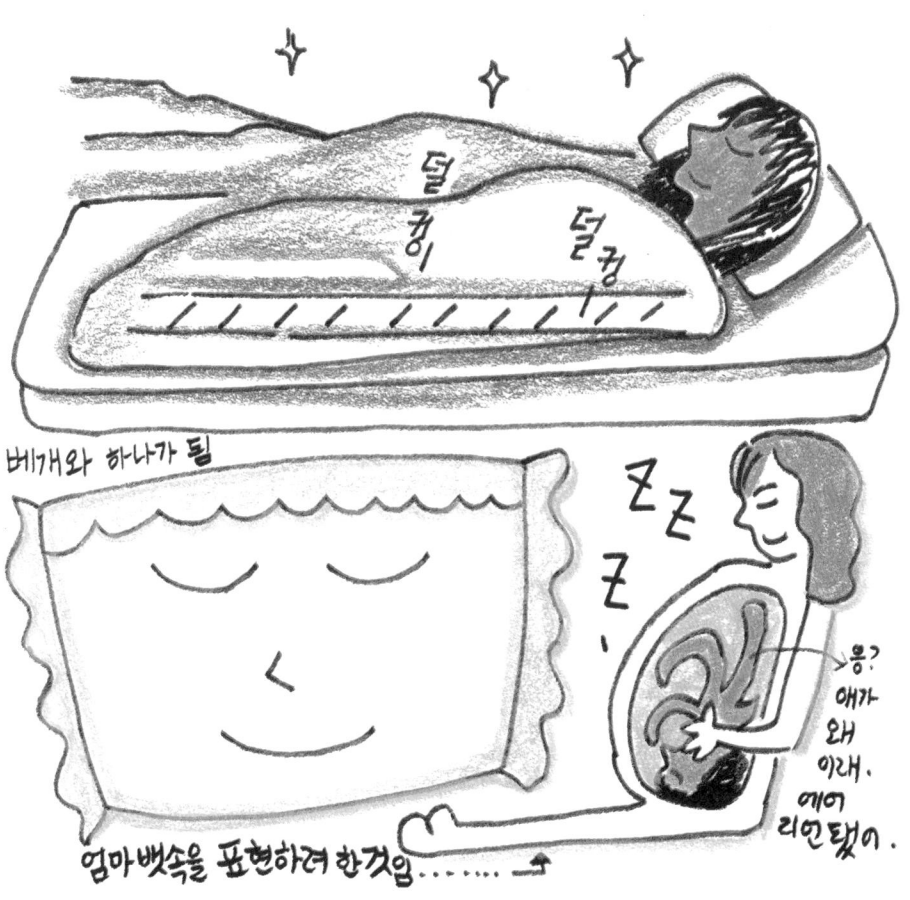

덜컹

덜컹

베개와 하나가 됨

ZZ
Z

엄마 뱃속을 표현하려 한 것임·······

응? 애가 왜 이래. 애어 리얼했어.

다음 날 아침,

우왕, 엄청나게 잘 잤다!

어) 넉 지 FULL

인생꿀잠을 자고 일어난 나와 모호연. 다크서클이 다 없어졌다! 정말정말 잘 잤다!! 일어나자마자 아침을 주러왔다. 어제 밤에 주문한 연어+블린과 러시아식 햄과 치즈다.

기차 안에서 먹는 아침이라니

요거트

블린 + 연어

+

햄 2종라 올리브

↑비싸 보이 는 과일 쥬스

Swell

블린 + 연어

치즈와 견과류

크로 와 상

맛은 있는데.. 어 리를 빗 비림..

창 밖의 풍경이 정말 아름답다. 이게 온전히 나의
풍경이라니!! 정말 내리고 싶지 않다. 이대로 쭈욱 집까
지 가고 싶.... 상트페테르부르크는!!

옷 갈아입고 이불 정리해놓고 계속 창 밖만 봤다.
새 눈이 내려 온 세상이 희다. 나무들은 눈으로 테두
리를 둘렀다. 신기하게도 나무와 나뭇가지. 그리고 숲
이 옅은 보라색을 띈다. 태어나 한번도 인간을 보지
않았을 지도 모르는 큰 나무들을 본다. 하나도 지루하지
않다. 몇시간이라도 볼 수 있다.

하지만 기차가 점점 느려지고 있다.

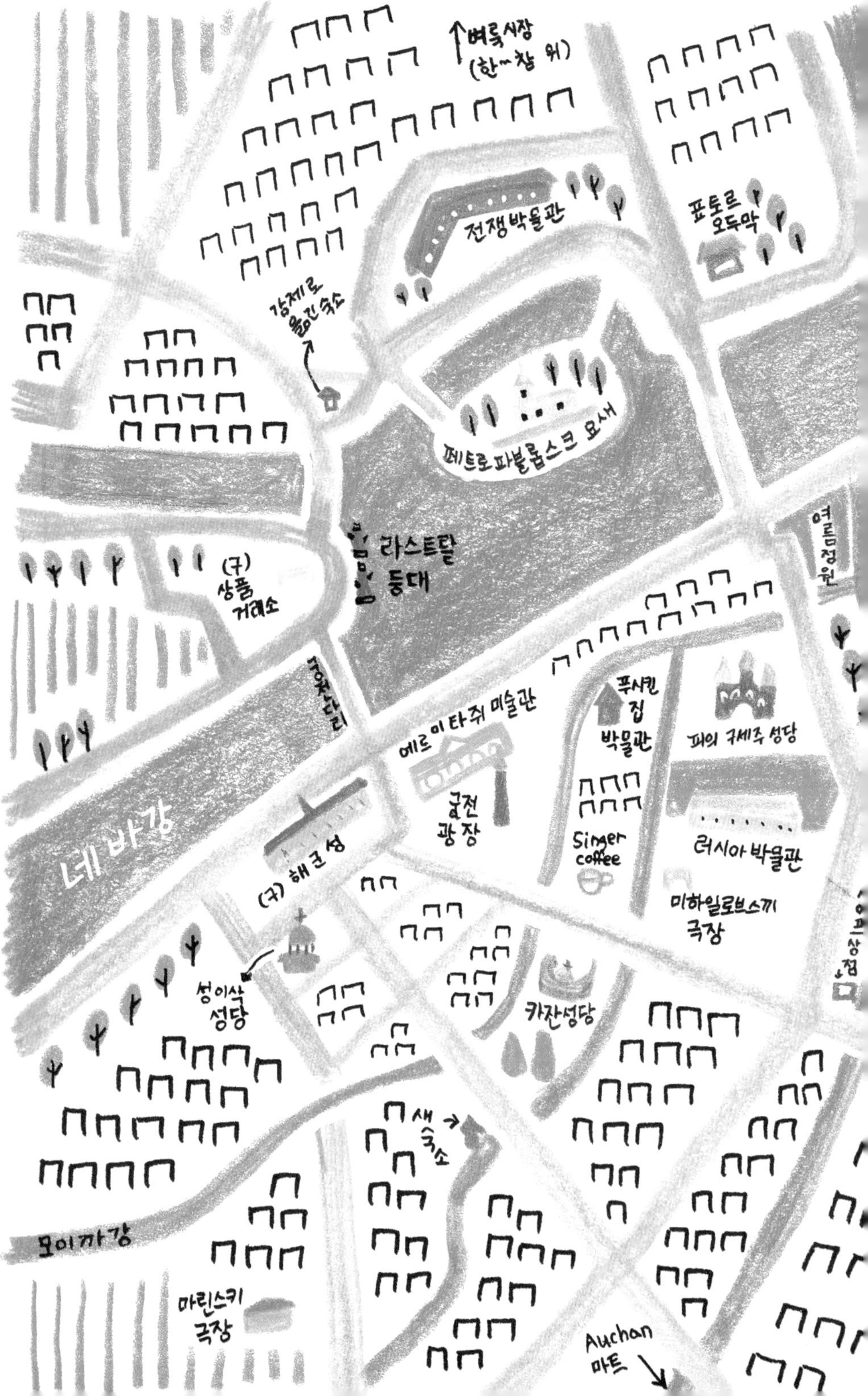

벼룩시장
(한~참 위)
전쟁박물관
표토르
오두막
강제로
옮긴 숙소
페트로파블롭스크 요새
라스트랄
등대
(구)
상품
거래소
궁전다리
여름정원
에르미타쥐 미술관
푸시킨
집
박물관
피의 구세주 성당
궁전
광장
Singer
coffee
러시아 박물관
미하일로브스끼
극장
네바강
(구) 해군성
성이삭
성당
카잔성당
새
숙소
모이까강
마린스키
극장
Auchan
마트

핀란드역

바바강

스몰
리의
성당

Санкт-
Петербург
상트페테르부르크

넵스키대로

모스크바역

상트페테르부르크

머르하바!

ISTANBUL

이스탄불

봄이다.

INCHEON

인 천

집 4이

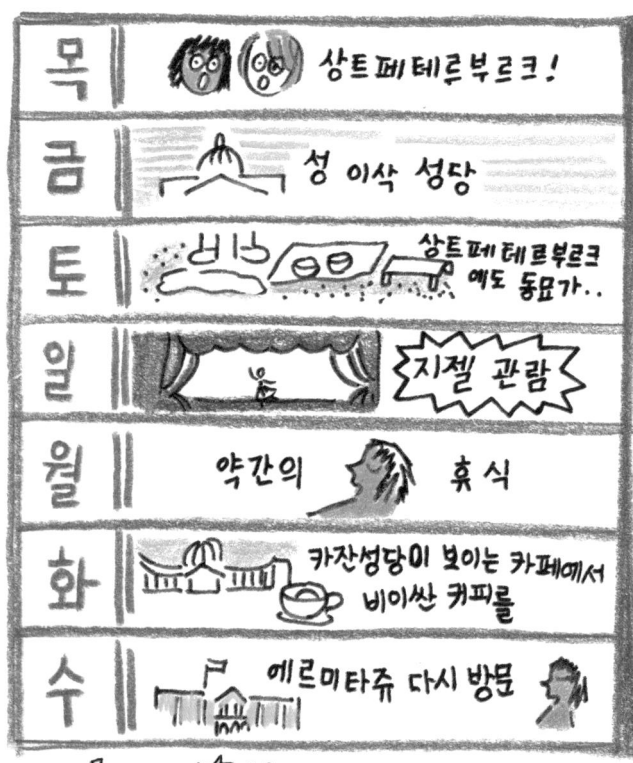

목		상트페테르부르크!
금		성 이삭 성당
토		상트페테르부르크에도 동묘가..
일		지젤 관람
월	약간의	휴식
화		카잔성당이 보이는 카페에서 비이싼 커피를
수		에르미타쥬 다시 방문

목: 한국

320

상트페테르부르크역에 기차가 드디어 도착했다.
안녕, 붉은 화살.. 널 영원히 잊지 않을게 ...
숙소 체크인 시간이 되지 않아 역에 짐을 맡기고 관광을
한 후, 짐을 찾아 숙소로 가기로 했다. 짐맡기는 곳에 가보니
다른 역들하고 달리 여기는 기계에 입력을 해서 맡기는
무인락커다. 다른 역들은 직원이 있고 직원이 맡아주는데
이렇게 러시아도 일자리가 없어지는가.

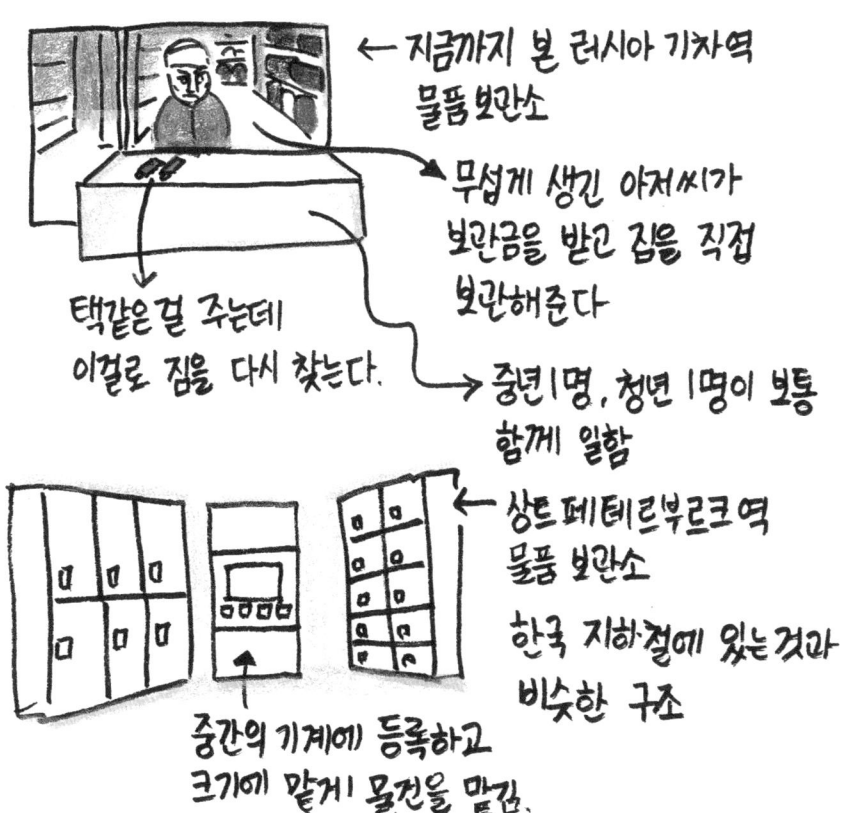

← 지금까지 본 러시아 기차역
물품 보관소

→ 무섭게 생긴 아저씨가
보관금을 받고 짐을 직접
보관해준다

택같은걸 주는데
이걸로 짐을 다시 찾는다.

→ 중년1명, 청년 1명이 보통
함께 일함

← 상트페테르부르크역
물품 보관소

한국 지하철에 있는것과
비슷한 구조

중간의 기계에 등록하고
크기에 맞게 물건을 맡김.

사람한테는 그냥 주면 되는데 기계는 직접 고르고 넣고 귀찮다... 사람한테 맡기는 거보다 싸긴 함.

짐 맡기고 에르미타쥬 미술관부터 갔다.!! 아, 에르미타쥐가 맞는 발음이구나. 지금부터 에르미타쥐라고 쓰겠다. 에르미타쥐 미술관은 러시아 최고의 황제인 예카테리나 대제가 만든 명화수집관이었다. 예카트리나는 미술에 관심이 많아 유럽의 명화들을 많이 수집했고, 그 수집품들을 겨울 궁전 옆에 세운 건물에 모아두었다. 원래는 아무나 볼수 있는 미술관이 아니었다. 예카테리나의 초대가 있어야 올수 있었다. 공산주의 혁명 이후 국가 미술관이 되어 우리도 볼수 있게 되었다.

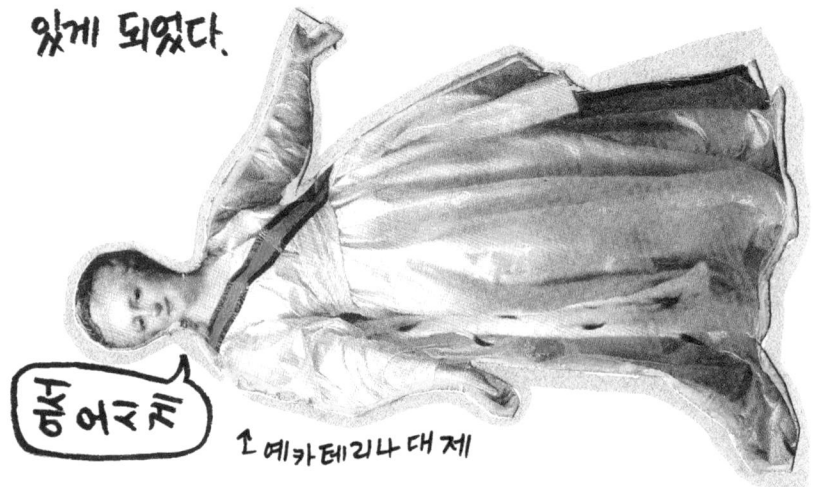

들어줘

↑ 예카테리나 대제

아니! 뭐 이렇게 커!! 당연히 클 줄은 알았지만
이렇게 터무니 없이 클 수가... 모스크바의 붉은 광장
에서 느낀 규모를 또 느낄 줄이야. 민트색 건물이
에르미타쥐라는 것도 알겠고 입구가 어디인지도 알겠
는데 너무 멀다!! 마을버스 타고 가야하는 거리야 ㅋㅋ
ㅋㅋㅋㅋ

넉넉하게 온줄 알았더니 벌써 9시 40분이다. 10시 오픈이라 최대한 빨리 가는게 좋다고 한다. 오후엔 표끊는 것도 한참 기다려야 한다고.. 아니, 근데

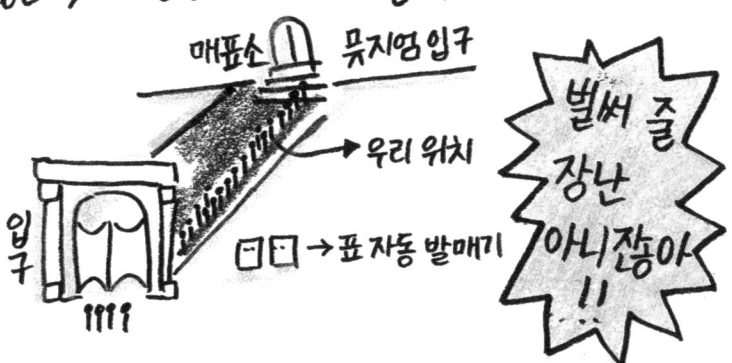

세계 각국 사람들 벌써 몰려들어 줄이 너무 길다.. 표 자동발매기에 가서 끊기도 애매해 줄, 서서 기다리는데 진짜 춥다.. 하필 또 건물들 사이의 그늘이라 덜덜 떨리게 춥다. 손도 얼고, 발도 얼고, 코도 시렵고 죽을 거 같다.. 언제 들어갈 수 있나 거의 40분은 기다린듯. 매표소 가까이로 가보니

사람 좋은 미국사람들 때문에 완전 늦어!! 이보쇼, 미국양반들!! 그걸 이제야 생각하면 어떡하냐고! 짐 한국 사람들 현금 맞춰서 들고 기다리고 있구만! 얼마라는걸 물어보고, 대답듣고, 그제서야 가방에서 지갑을 꺼내는 사람들이여....

계산하면서 또 물어보고,

또 어쩔까 이러고 있냐.

절레절레... 느려느려.

드디어 나와 모의 차례가

되었고, 통합권 2장! 을 외치며 동시에 계산.

30초만에 패스. 드디어 안에 들어왔다!!

아오 답답

→ 한국 사람

돈들고 대기中 →

그리고
카페부터
후딱 들어감

빨리 들어가려고 그리 난리를
쳐놓고. 하지만 어쩔 수 없다. 빨리
몸부터 녹여야함 ... 뜨거운 차와 커피를 마시고 나자
겨우 몸이 녹는다. 코트룸에 패딩도 (강제로) 맡겼
겠다. 이제 보기만 하면 되는구나!

본격적으로 보려고 전시관 안으로 들어가는데, 헉,
숨이 컥 막힐 정도로 대단한 규모다!! 아니, 뭐이리 커.

아니, 돈이 대체 얼마나 많은거야!!

와.... 사방팔방 금칠이다! 새하얀 대리석과 아이보리
색의 벽, 금장식, 빨간 카펫이 너무 잘 어울린다. 3층
높이로 뻥뚫린 천장에는 대형 벽화가 보이고, 커다란
창문에서 햇빛이 쏟아져내린다. 이곳이 바로 요르단
계단. 러시아 사람이고 미국사람이고 중국 사람이고, 모두
사진을 찍고 있다!!

나도 찍어줘!

흠칫

내가 포즈 좀 크게 취했다고
흠칫 놀라는 러시안들....

요르단 계단에서도 러시아사람들의 포즈는 거의 똑같다.

입술끝만 살짝올림→

손은 주머니에 →

한쪽다리를 → 내민다

모델포즈!

이때까지 나의 사진들 ↓

까불♩

까불♩

약간.. 챙피한걸?

까불♩

이정도는 한국에서 얌전한 거 아닌가...

우와!

흠칫

깜짝

와 ....

에르미타쥐 진짜 너무 크고 금칠 작렬이다... 규모가 상상초월이다보니 한걸음 나아갈 때마다 나도 모르게 "우와!"가 절로 나오는데 러시아사람들 또 깜짝 놀람.

또 놀란 고양이 눈8 진심으로 왜 저러는지 모르겠다는
눈으로 나를 쳐다보는 러씨아 사람들... 아니, 님들아.
겁먹지 말라구요 ㅋㅋㅋ 내가 뭐 님들한테 가서 "왁!!"
을 했나, 작품에 대고 욕을 했나. 님들 박물관 와서
감탄하는데 왜 놀라셔요들 ...

러시아 사람들 간 좀 작은 거 같애 ...

그 후 속으로만 '우와!' 하려고 노력했다.

...우와...

우와!

전진
전진

휙

휙

휙

← 애는 원래 속으로
'우와!' 함

새삼 당연하지만 진짜 그림 많다.

평소같으면 그림 하나하나, 붓질까지 다 보는데
그림이 너무 많으니 대충 보고 막 지나가게 되네!
명작이 지나치게 많아 아는 그림만 좀 자세히
보는 수준이다. 이런 사치라니... 마치 뷔페 가서
딱 3접시만 깔끔하게 먹고 커피로 입가심 하는
기분인데?

그림으로 누리는 사치와
향락... 더 바랄게 없다.

> 오늘 본 작품들 <

← 티치아노
〈십자가를 지러가는 그리스도〉
고통에 겨워 이쪽을 바라보는
그리스도의 얼굴이 실제 사람의
감정처럼 다가오는 그림임.

이부분이
뚜껑인듯 ←

〈청둥오리 머리 모양 케이스〉
향수병이나 분갑같은 소품들도 귀여운게
많았다. 청둥오리 머리모양 케이스 탐나...

생전 처음 보는
작품도
많다.

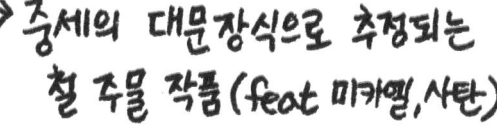

→ 중세의 대문장식으로 추정되는
철 주물 작품 (feat 미카엘,사탄)

사탄(용)의 머리를 밟는 대천사
미카엘이라는 클리쉐는 명화에서
흔한데, 이렇게 3등신 캐릭터로
귀여운 느낌은 처음 봐서
너무 좋았다!(유명작이 아니라 설명도
찾기 힘듦...)

아니,
이 작품이
왜 여기에??

일반적으론
이런 느낌임→

히에로니무스 보쉬 <쾌락의 정원>
이건 원래 스페인 프라도 미술관
소장품인데 웬일로 여기 있었다!

→ 와 진짜 이 앞에만
30분은 있은듯.
너무너무 재밌는
작품이다!! ㅠㅠ

331

와... 당연히 하루에 다 볼거라고 기대도 안 했지만
진짜 충격적으로 넓다. 내가 본 방 카탈로그에
체크하면서 다니고 있는데도 길 몇번이나 잃어버림...
어느새 이게 그림을 관람하는 건지 방 깨기 퀘스트를
하는건지 본질이 흐려지고 ㅋㅋ

근데 또 보물찾기 같아서 재밌네? 참나 ㅋㅋ

방 하나 하나 볼때마다 단 하나도 금 칠갑을 안 해놓은

데가 없어서 기가 막힌다... 절제가 없냐, 러시아놈들아!

러시아 제국...
정말 돈 많았구만?

나 러시아 혁명 왜
일어난지 알 것 같애...

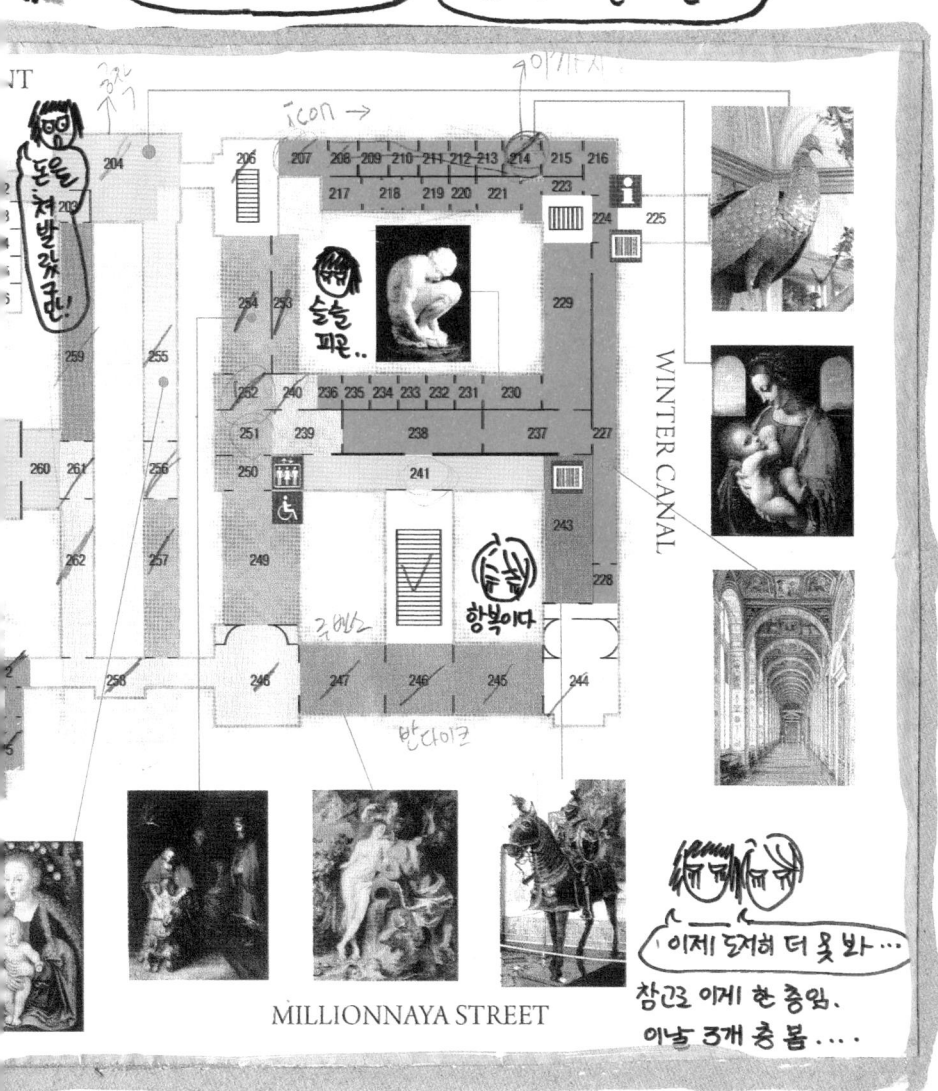

WINTER CANAL

MILLIONNAYA STREET

이제 도저히 더 못 봐...

참고 이게 한 층임.
이날 3개 층 봄 . . . .

오늘은 도저히 더 못보겠어서 맡겨놓은 짐 찾아 숙소로
갔다. 그런데 에어비앤비 주인이 우리가 예약한
숙소에 지금 뜨거운 물이 안 나온다고 숙소를 옮겨야
된단다. 바꿔주는 숙소가 더 좋은 숙소라나...

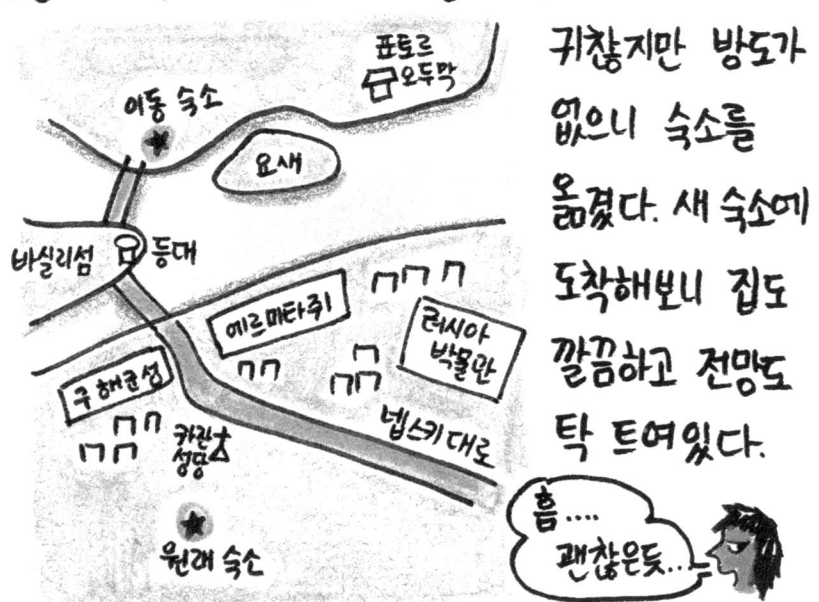

귀찮지만 방도가
없으니 숙소를
옮겼다. 새 숙소에
도착해보니 집도
깔끔하고 전망도
탁 트여있다.

흠....
괜찮은듯...

근데 저녁먹으러 나가려니 주변에 너무 아무것도
없다...! 피자집 하나 말고는 편의점이나 슈퍼도 없다.
원래 예약한 숙소는 시내 한 중간인데...

그래도 나가서 찾아보자 하고 나갔는데 길은 완전
깜깜하고 쥐새끼 한 마리 안 다니고....
문 연 가게도 하나 없고 가로등은 왜케 깜깜해!

334

이러다 죽는거 아냐?...

밤에 나단는거 아닌데...

덜덜

이거저거 가릴 처지가 아니라 저멀리 보이는 불켜진 피자가게를 향해 전속력으로 걸었다.

근데 같은 대체 왜 이렇게 크고 먼지 눈에 보이는데 가까워지질 않고 ... 기진맥진해 드디어 가게에 들어가 대충 저녁을 먹었다.

허브티

파스타

피자

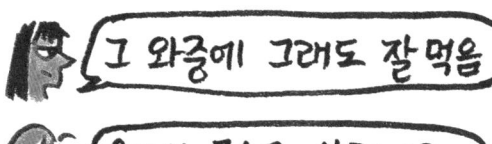
그 와중에 그래도 잘 먹음

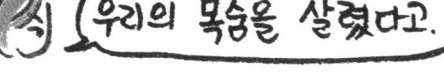
우리의 목숨을 살렸다고.

나오니 더 깜깜하고 음침해져 또 덜덜 떨면서 뛰어서 숙소 들어옴... 근데 이와중에 열쇠로 문이 안 열린다.

끼잉 끼잉

5분 걸림...

사실 이건 지금이 처음이 아님 ...일부러 그러나 싶을 정도로 러시아 현관문은 열쇠로 잘 안 열림. 그냥 넣고 돌리면 되야 정상인데 이걸 수십번 반복해도 안됨... 뭔가 특수장치라도 있나?

335

열쇠를 한번 돌렸다. 두번 돌렸다, 생난리를 다 치고 (누가 봤으면 100% 도둑으로 몰림) 겨우 겨우 들어갔다. 그랬더니 이번엔 이 숙소에서 뜨신 물이 안 나오네. 난방도 잘 안돼서 춥고, 전기포트는 다 녹슬어서 뜨신 물도 못 마시고, 환장의 연속이다.

우리는 원래 숙소로 돌아가고 싶다. 그 숙소의 수리가 끝나면 말해달라. 여기엔 뜨거운 물이 안나오고 난방도 안된다. 우린 물도 끓여마실 수 없다.

모호연이 에어비앤비로 분노의 메세지를 전송.... 근데 또

바로 해결책도 안 주고 물을 잠궜다 켜보라는 등 옥신각신 한참 메세지가 오갔다. 결국 난 덜덜 떨면서 잠들었는데 모호연은 잠도 안 자고 열심히 번역기 돌려가며 집주인하고 싸웠다. 다음날 아침, 집주인이 전기포트랑 생수 갖다주면서 이 숙소는 곧 수리공이 와서 고칠 것이고, 우리는 원래 예약한 숙소 근처에 다른 숙소로

이틀 뒤에 옮기게 해준단다. 자기말로는 거기는 방도 두 개고 더 비싼 숙소라고 함... 베리 쏘리하다고 사과도 해서

대체 집이 몇 채야

ㅁ루크의 구인??

기분은 풀렸다. 나 혼자면 찬물쓰면서 덜덜 떨고 그냥 묵었을텐데 역시 모호연 만세다!

네바강

와...

우와...

비르제보이 다리
Биржевой мост

날이 너무 좋아서
성 이삭 성당까지 걸어가기로 했다.
눈에 닿는 모든 건물의 양식이 일치되어있다!
19세기의 풍경도 이와 다르지 않았을 것 같다.

30분 정도 천천히 걸어 성이삭성당에 도착했다. 성이삭성당 진짜 개 크다... 개 큰 거 말고는 큰 감흥이 없다. 이상하게 성당은 크면 클수록 감흥이 저하된다.

돔의 꼭대기는 아쉽게도 공사중 (렙으로 싸놓은 것 같음)

그것도 그런데 그림이나 장식이 다 새 거라서 그런듯...

소련시절에 다 없애거나 다른 용도로 쓰던 것을 다시 만든거라 대부분 '새 거' 느낌임.

그러다 한 구석에서 예배를 드리는 것을 봤다. 수많은 관광객들 사이 거기만 공기가 다르다. 카톨릭이나 개신교와 달리 악기, 강대상, 의자가 없다.

사제와 사람들은 모두 서있다. 사제를 중심으로
둥글게 서있다.

벽
이콘
문이 열림
사람들
큰사제 작은 사제
← 말씀 외는 사제 (잘생김)

말씀을 외는
사제가
따로
있는데
목소리가

너무 낭랑하다. 마치 음악 같이 들린다. 큰 사제가
이콘들 앞에서 손에 든 향로를 돌리는데 영화
'검은 사제들'같다! (무식한 발언) 난 또 이때 혼자
"오오…" 했다가 상트시민들의 째려봄을 당함.
내가 그동안 알던 예배(목회자의 인도, 찬양, 설교,
기도문 외기)와 완전 달라 마치 어떤 의식이나
제사같이 느껴질 정도였다.

째릿
조용해라….
오오…
이런걸 볼수
있다니…
양심상 사진은 안 찍음

다음 날 일어나 마트에서 사온 빵에 꿀을 발라 홍차를 마셨다. (러시아꿀 맛있음) 오늘은 시 외곽에서 열리는 벼룩시장에 가보기로 했다. 따습고 공기도 좋아서 지하철 역까지 한참을 걸어갔다.

가다 전쟁박물관 나와서 셀카도 찍음

찰칵

세상에 태어나 저런 재밌는건 처음 본다는 표정의 러시아 여성 (사진에 같이 찍힘)

하하~ 저사람들 재밌다~

지하철역에 1시간 만에 도착했는데 공사 중이라 결국 택시타고 벼룩시장까지 갔다. 두근두근 ... 과연 러시아의 동묘는 어떨 것인가! |펑 펑펑펑/

어딨지?

설마 저건가?

도시 한 복판을 가로지르는 철도

웅성

웅성

아니... 뭔가 생각한 거랑 다른데?

완전 흙탕물 똥눈밭에 비닐 한 장 깔아놓고 찐으로
집에서 어제까지 쓰던 물건을 팔고 있잖아!! ㅋㅋ
동묘는 이거에 비하면 백화점이었다 ㅋㅋㅋ 심지어
신던 브라와 스타킹까지 봤음. 생각해보면 이게
진짜 벼룩시장이긴 해. 내가 그동안 업자들이 대부분
인 벼룩시장만 본 거지. (듣기에는 이 벼룩시장은
소련때 몰래 열리던 것이 시초였다고)

341

할머니들 물건 구경하다가 뭐라도 사려고 티팟
하나를 어케 어케 샀다.

이거라도
건졌구만...

비록 뚜껑은 안 맞지만...

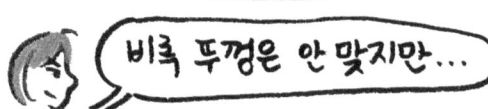

덜그럭

100루블

시내로 돌아와 표토르 오두막집에 갔다. 러시아역사
공부하면서 봤던 그 표토르 황제가 살았던 곳이다.

밖에서 봤을 땐 이게
무슨 오두막이야! 했는데,

안에 들어가니 진짜 오두막이
있었다. 밖의 벽돌집은 이
오두막을 보호하기 위해 지은
껍데기였다!

이 도시가 한 사람의 구상으로 만들어지다니...
상트페테르부르크에서 핀란드까지 겨우 기차로 2시간
이라고 한다. 그만큼 유럽에 가깝다.

기차.. 타고싶다...

또 걸어서 강을 건너 마르스광장을 지나 피의 사원까지 왔다. 상트페테르부르크는 걸어서 웬만한 관광지는 다 갈 수 있다. 오후 5시라 피의 사원은 안 들어가고 그 옆 강을 따라 걸었다.

↑

앗.. 잠깐... 사원 이름 틀림. '피의 구세주 성당'임.

여기도 보수 공사중 →

↑

피 의 사 원

아니 피의 구세주 성당...

피의'가 너무 많잖아!

앞에 역사파트에 나온 알렉산더 2세가 살해당한 자리에 세운 성당임. 혁명의 불이 켜졌는데 이런 대성당을 또 지었다니... (모든 그림이 모자이크로 되어있다고)

피의 구세주 성당
Спас На крови

그럼에도 불구하고 ↗
너무 아름답다... 압도적이야.

상트 시민으로 태어나는 건 대체 어떤 기분일까?

343

피의 구세주 성당에서 운하를 따라 아래로 내려오니
거대한 카잔성당 길 건너에 사람들이 북적이는 가게가
있었다. 알고보니 여기가 바로 돔끄니끼였다.

전쟁기념관

포토르
오두막

네바강

〈싱어 빌딩〉
재봉틀회사
STIger가
1904년에 지은
건물

우리지구본

유리돔

에르미타쥐

마르스
광장

2층에
카페 싱어

1층에
돔끄니끼 서점

피의 구세주 성당

돔끄니끼

넵스키대로

카잔성당

드디어 와보는 러시아의
서점이다! 1층에 기념품
엽서와 기념품도 엄청 많이
팔고 있다. ← 눈돌아감

SHAWLS

러시아
요리책 →

RUSSIA
CUISINE

GORODETS

러시아
전통 숄
문양
모음집

러시아
민속화 화집

돔 끄니끼에서
산 엽서. 시베리안
횡단열차인가 ..?

관광지라 그런지 영어로 된 책도 많고
한국어로 된 에르미타주 가이드북도
있어서 얼른 샀다. 그 외에도 러시아
요리책, 전통 솔 문양 모음집, 민속화집까지 삭삭 긁어모음.
↳ 이걸 어떻게 안 사 ...?

다음날, 드디어 새 숙소로 이동한다. 택시기사라고 온 젊은이가 바지도 안 추켜입고 (털난 엉덩이골 다 봄) 슬픔새가 풀풀 났지만 무사히 이동 성공.

오늘은 지젤 발레 공연 예매한 날이라 한 번 힘껏 꾸며봤다. (테마:아가씨, 발레보실 시간입니다)
새로 옮긴 숙소에서 미하일로브스키 극장은 걸어갈 수 있는 거리라 걸어서 갔다. 30분 전 도착해 코트 맡기고 (빼앗기고) 들어가보니 생각보다 자리가 좋다...! (2층 1열 우측)

신발이 NG지만...

무 대

오케스트라

오...

어릴 때 명작동화에서 봤던 지젤을 발레로, 그것도 러시아에서 보다니 너무 두근거린다. 내 인생 첫 발레관람이다...! 이렇게 무식한 상태에서 과연 봐도 되는 것인가 싶을 그때 막이 오르고 공연이 시작됐다.

졸아서 망신 사는 건 아니겠지..

짝짝짝짝
(새로운 배우가 나오면 박수침)

졸릴까봐 걱정한 것이 무색하게 재밌다! 눈이 감기기는 커녕 또록또록 깜빡이지도 않고 무대를 보게 된다. 특히 2막이 시작되어 처녀귀신들이 나오자 아름다움에 눈을 뗄 수가 없다! 대사나 노래가 있는 뮤지컬과 달리 모든 내용이 춤으로만 보여지는데 의외로 내용이 다 이해가 된다. 기쁠 땐 기쁨이, 슬플 땐 슬픔이 그대로 다 나에게 전달되고 있다.

오오... 역시 발레는 종합예술 이구나.

347

2막이 끝나자 20분의 인터미션 (쉬는 시간)이다.
갑자기 사람들 썰물처럼 다 빠져 나가길래 화장실
가나 싶었더니... 전부 휴게실에서 뭐 사먹고 있잖아?!

다들 와인 한 잔은 기본
이고 연이어 케이크까지
시켜먹고 있다! 와인글라스
안 들고있는건 우리 뿐이다.
저럴려고 총알같이 나갔구만?

휴게실에 발 디딜 틈도 없이 화장실만 갔다가 서운하게
돌아온 우리... 먹을 걸 놓치다니...반성한다.

다시 공연이 시작됐다. 쥐죽은 듯이 조용할 줄 알았는데
의외로 관객 매너가 별로다. 얘기하고 부스럭거리고
알람 울리고 찰칵거리고 기침 콜록거리고 난리다.
한국이였으면 벌써 수십 번은 째려봤겠지만
남의 나라니까 그러려니 했다. 그럼에도 불구하고
발레는 너무 재밌었다!

벌떡 브라보! 짝 짝 짝짝 이야. 재밌다. 또 보고싶다! 짝짝

다음날, 이때까지의 피로가 몰려오는지 눈을 뜰 수가 없다.

어제 식당에서 먹고 남겨온 사슬릭과 마트에서 산 당근김치,

빵을 먹고 다시 잤다.

으어...피곤해...

하루 푹 쉬면 괜찮겠지 했는데

웬 걸...다음날은 더 피곤하다. 이제 정말 돌아갈

때가 된 건가?

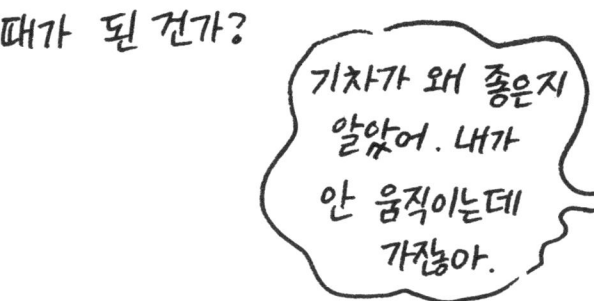

기차가 왜 좋은지 알았어. 내가 안 움직이는데 가잖아.

더 이상 이동을 안 하니까 뭔가 이상한데? 상트 오면 편하기만 할 줄 알았는데 왜 다시 움직이고 싶지?

우린 지금 기차를 다시 타고 싶은 거임......

그럴지도...

기차 타고 집에 가고 싶다.

그러니까.

이상하다. 난 원래 여행하면서 이동하는 걸 싫어한다. 그래서 발리, 교토, 치앙마이 모두 한 도시에 머물렀다. 시베리아 횡단열차를 탈 때도 걱정한 것이 그거다. 이 끝없는 이동을 해낼 수 있는가? 그런데 의외로 괜찮았다. 아니, 재밌었다. 마치 끝없이 퀘스트가 주어지는 것 같았다. 열차를 타고 이동에 성공하면 성취감도 있었다. 상황과 도시에 적응할 필요도, 다른 걸 생각할 필요도 없었다. 나는 또 내일 탈 기차가 있으니까. 기차에 타면 침대 한 칸 만큼의 내 공간이 주어지고, 거기선 아무 것도 할 필요가 없다. 잠을 자도 되고, 책을 봐도 되고, 빈둥거려도 된다. 이 도시가 조금 별로여도 된다. 또 이동하면 되니까. 설령 이상한 사람이 있어도 언젠간 그 사람이 내리든 내가 내리든 하게 된다. 내가 타는 기차는 언제나 완전 새로운 기차다.

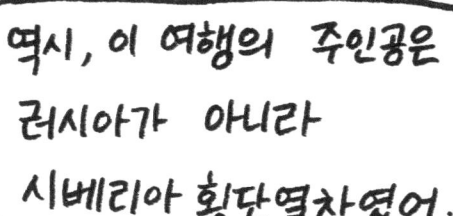

역시, 이 여행의 주인공은
러시아가 아니라
시베리아 횡단열차였어.

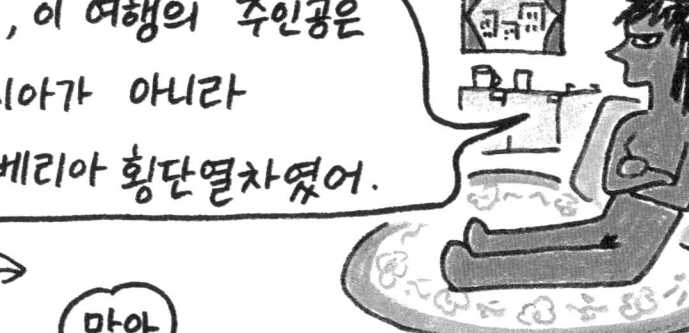

맞아.

우리 여행은 사실 붉은 화살을 타고
상트페테르부르크에 도착했을 때
완결된 거야.

[퀘스트] 시베리아 횡단열차로 러시아 끝까지
간다.

완료

경험치 24940 획득!
칭호 '열차의 망령' 습득!
아이템 '도시락' 획득!

그렇구나.
난 이 퀘스트를 완료한 거였다.
그래서 이제 다 끝나고 집에 가야할 것
같은 기분을 느끼는 거였다.

이런 배부른 소리를 …… →

하지만
출국은
3일 뒤

351

블라디보스토크에서 출발하고부터 벌써 4주가 흘렀다. 그동안 나는
한국에서 걸린 감기를 떨쳐내지 못하고 시름시름 앓았다.
바이러스와 함께 지구의 4분의 1바퀴를 여행했으니, 바이러스의
입장에서는 꽤나 쓸모있는 숙주였을 것이다.

아무래도 내 몸은 여행을 싫어하는 것 같다. 평소와 다르게
잘 아프고, 잘 체하고, 쉽게 다친다. 그렇지만 절대로
'시베리아 횡단열차'라는 압도적인 이벤트를 놓칠 수는 없었다.
솔직히 말하면 대륙을 이동하기 위해 기차를 타는 것이 아니라,
기차를 타기 위해 이동하는 것에 가까웠다.

낯선 도시를 배회하고 다시 기차에 오를 때면 집으로 돌아가는
기분이 들었다. 열과 기침에 시달리다가도 기차에 오르면 잠잠해졌고,
지긋지긋한 불면증이 싹 사라진 것처럼 꿀잠을 잤다. 그 잠은 매우
깊고 어두워서, 어떤 괴물도 침입하지 못할 것 같았다.
덜컹거리며 지나가는 풍경을 하염없이 보고 있노라면 여행을 계획하는
동안 꽉꽉 채워 두었던 걱정주머니가 조금씩 가벼워지는 것을 느꼈다.
아름다운 풍경을 보며 시간을 허비하는 것은 여행자의 본분이니,
나는 그 본분을 다한 셈이다.

마지막 도착지인 상트페테르부르크는 다른 지역보다 여행자가 많고
북적였다. 어쩌면 당연한 일이다. 이곳에는 에르미타주 미술관이 있으니까.
관람 당일에도 콧물공장이 멈추지 않아 괴로웠지만, 그간 도판으로만
보았던 미술 작품들을 마주하며 경이로움과 위안을 동시에 얻었다.
출국 전날, 혼자서 에르미타주 신관을 돌아봤을 때는,
앙리 마티스의 '춤' 앞에서 한참 몸을 떨었다.

이미 로트렉, 모네, 고흐, 피카소의 작품들을 지나온 다음이었다.
색채나 선의 감각적인 아름다움과는 별개로, '헐벗은 강강수월래'
정도의 우스운 감상을 가지고 있던 그림이었는데 실물은 달랐다.
나는 본체가 쏟아내는 엄청난 에너지에 풀압하다 못해 어지럼증을
느꼈다. (종일 굶물을 흘려서일 수도 있다...) 부유하는 기분으로 미술관을
나오면서 생각했다.
'그래. 내가 이 그림을 보려고 여기에 왔구나!'
그제야 곪곪대는 몸에 대한 울분이 사그라들고, 이 도시가 더 아름답게
느껴졌다. 어운이 가실 때까지 번화한 거리를 걸었다. 얼어붙은 네바강
위로 쿵쿵쿵 새겨진 새 발자국을 보며 기쁘게 웃었다.
해피엔딩에 집착하는 내게 어울리는, 여행의 결말이었다.

↖ 모홍연이 그림

앙리 마티스의
<춤> 앞에서...

드디어 마지막 퀘스트다.

퀘스트 상트페테르부르크 공항에서
이스탄불을 경유해 인천으로 가시오.

마지막 퀘스트라 그런가 또 지나치게 빨리
준비해 공항에 무려 4시간 전에 도착했다.

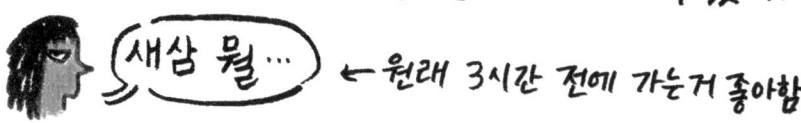 〈새삼 뭘…〉 ← 원래 3시간 전에 가는거 좋아함

한참 걸려 수속하고 라운지 가서 배도 두둑히 채웠다.

↗ 칼국수 같은
비주얼의 딜 버무림
파스타.

파스타, 맥주, 샌드위치, 토마토,
감자칩, 샐러드, 빵 등으로 배가
터질 것 같은 상태로 터키항공
탑승. 그런데 또 먹을 걸
주잖아?? (국제선이라 당연)

밥먹고 얼마 가지도 않아 이스탄불 공항에 도착
했다. 튀르키예는 이미 봄이다! 러시아는 4월이
되었는데도 아직 풀 한 포기 없는데 말이다.

〈따뜻해 .!!〉

잠깐이지만 튀르키예 공기 맡으니 너무 좋다.
내 첫 여행지였고 갔다와서 3년동안 향수병
걸렸는데... (튀르키예어 혼자 6개월 독학하고 이스탄불
가서 살거라고 난리치고 게방안 봐도 눈물흘림)
우리가 환승할 곳 찾아가는데 한참이 걸렸다.
역시 공항이 크다. 20분을 걸어 겨우 게이트에
도착했다. 시간이 남아 기념품샵도 구경했다.

컵
팔찌
동전지갑

계산하면서 점원 아주머니께
"메르하바!" 하니까 깜짝 놀라
시며 튀르키예 말 할 줄 아냐고
하셨다. (당연히 인사 빼고 다
까먹음) 간만에 "축 규젤!" → 너무 예뻐요
을 썼더니 까르르 하시며 엄청
좋아하셨다. 인천행 터키항공 타면서 직원이 "어서오세요"
하길래 또 "메르하바" 하니까

하핫

I said 어서오세요,
You said 메르하바!

하며 엄청 밝게 웃어주었다.

357

이걸 본 모호연, 러시아와 튀르키예의 온도차에
깜짝 놀랐다.

물론 러시아도
다정하지만 무뚝뚝함에 숨겨진
다정이라면, 튀르키예는 그저 퍼붓는 다정함임.

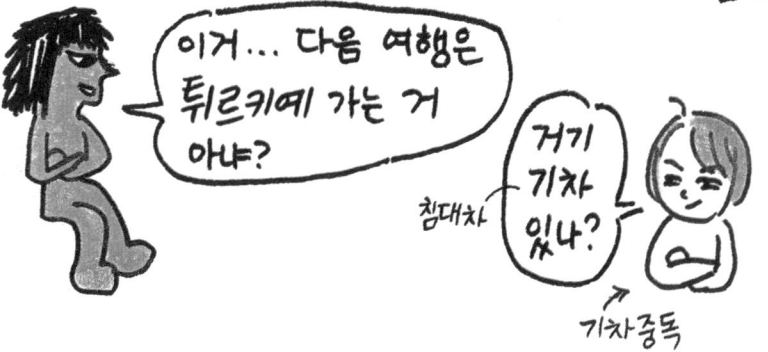

뭐.. 뭐지,
이 다정함은?

두근

이거... 다음 여행은
튀르키예 가는 거
아냐?

거기
기차
있나?

침대차

기차중독

드디어 비행기가 출발
한다. 이륙하면서 본
이스탄불 야경은 꿈같은
풍경이다. 총천연색 빛이
사방으로 뻗어나간다.

언젠가 또 볼 일이
있겠지?

TURKISH
AIRLINES
BOARDING PASS | BİNİŞ KARTI

NAME / İSİM

FROM / NEREDEN
ST. PETERSBURG

TO / NEREYE
İSTANBUL

FLIGHT   CLASS   DATE   TIME
UCUS   SINIF   TARİH   SAAT
189K 0402   Y   05APR   :1

433
GROUP B

SEAT/KOLTUK
15C

0/0   064   PM
2352 39 35 68/1

A STAR ALLIANCE MEMBER

돌아오는 비행은 늘 너무 피곤해 자느라 아무 것도
기억나지 않았는데 이번엔 이상하게 쌩쌩하다.
좌석도 넓고 편하고, 맨 뒷자리라 신경쓰이는
사람도 없다. 영화까지 보면서 거의 노는 것처럼
좋은 분위기다. 언제나 여행에서 돌아올 때면
집에 가고싶지 않고 섭섭했다. 그런데 이번엔
마치 한국으로 다시 여행을 가는 것처럼
설레고 힘이 넘친다.

렙업 한 건가?

드디어 인천공항에 도착했다. 4월에 롱패딩이라니
쪽팔려... 한 것이 무색하게 바람이 쌩쌩 불고
날이 춥다! 지퍼를 꼭꼭 잠그고 공항 식당에 한 달
만의 첫 한식을 먹으러 갔다. 비빔밥, 냉면,
미역국을 먹자 '그래, 내 주식은 이거였지' 하는
생각이 든다. 세포들이 환영하는 맛...!

자, 이제 정말 최종 퀘스트다. 이 짐들을 가지고 집에 가야한다. 평소 같았으면 지쳐서 콜벤불러 갔을텐데 힘이 남아돌아 공항 버스를 탔다.

창 밖으로 활짝 핀 벚나무들이 스쳐지나간다. 겨울나라에서 봄으로, 나는 이동했다. 겨울을 4월까지 보낸 억울한 기분은 들지만, 괜찮다.

집이다 ....

드디어 집에 돌아와 열쇠로 문을 여니, 쉽게 열린다. 5분 동안 못 여는 러시아 문이 아니다. 들어가니 집은 내가 떠나기 전 그대로 있다. 식물들도 다행히 살아있다.

문을 열어 환기를 하고 청소기를 돌렸다. 옷도
갈아입고 씻고 침대에 누웠다.

나도... 집이 있었구나

°°

이색

이제야 돌아온 게 실감이 난다.
모든 퀘스트는 끝났다. 떠났었다는 게 거짓말처럼
집이 익숙하다. 집이란 이런 걸까?

그런데 흔들리지를
않네.... 아쉽다.

°°°

집에 누우니 침대열차 생각이 난다.
내 작은 한 몸 사이즈에 딱 맞는 사이즈와
덜컹대는 소리, 몸으로 전해지는 그 진동이
그립다. 그 침대는 영원히 잊지 못할 것이다.
이사온 집을 그리워하듯이 오래 생각나겠지.
시베리아 횡단열차에 두고 온 내 방이.

잠 못 드는 밤이면
그곳에 있다고 상상할게.

함께 해서 즐거웠어. 시베리아 횡단열차.

지금까지 「내 손으로 시베리아 횡단열차」를 읽어주셔서
감사합니다. END

시베리아 횡단열차   그 후의 이야기

① 기차의 망령 돼서
  몇년째 기차 타령함

기차...
기차....

바로 이거야...
이 사이즈야....

② 모호연, 침대 칸을
  그리워하다 못해
  벙커침대 만들다.

←2층 침대

1층은 옷장

③ 러시아음식 (엄밀히
  말하면 중앙아시아 음식)
  먹고싶어서 동대문 중앙아시아
  거리 2주에 한 번씩 감.

샤슐릭

당근김치

케피르
요거트

메도빅
케이크

블린

④ 중국에서 출발해 몽골 거쳐 러시아로 가는 시베리아 횡단열차 타려고 했는데 러시아가 가만 있는 우크라이나 침공.....

푸틴놈....부들...

⑤ 이 여행기는 「일간 매일마감」에 일주일에 한 번씩 연재하며 간신히 썼음.

원래는 「내손으로 러시아」인데, 「내 손으로 시베리아횡단열차」가 더 주제에 맞는 것 같아서 바꿨음.

↘ 이다, 모호연, 강,지민이 만든 데일리 매거진 (2019~2022)

⑥ 모호연, 당근김치의 달인 되다.

⑦ 드디어 「내 손으로 시베리아횡단열차」를 다 써서 새로 여행 갈 수 있게 되다!

누가 못가게 한 건 아니지만...

END

작가의 말

이 책을 내는 데 5년이나 걸리다니... my 불찰...

2018년에 다녀온 시베리아 횡단열차 여행기가 2024년에 나오게 되었다. '내 손으로 시베리아 횡단열차'는 일간 매일마감에 일주일에 한 번 연재하며 썼다. 상트페테르부르크에서 연재를 중단하며 "나머지는 책에서 계속 됩니다!" 했는데

(책을 팔려는 음흉한 전략인 거 인정)

그 후로 4년간 완결을 못 냈다. ←역시 마감의 중요성이란...

심지어 러시아의 우크라이나 침공으로 이제 이 책은 못 내는구나 생각했는데 개의치 않고 출간 제안을 준 미술문화 출판사에 감사드린다.

내 손으로 시리즈가 너무 자기복제 아닌가? 싶어서 그만하려고 했는데 어느 독자님이 "제발 자기복제 좀 해라!"고 호통을 쳐준 덕분에 정신을 차렸다. 내 손으로 시리즈는 (내가 살아있는 한) 앞으로 꾸준히 이어질 예정이다.

(지금 다음 후보지→ 대만, 튀르키예, 이탈리아)

스케치북 5권을 하나의 책으로 담아내시느라 엄청나게 고생하신 조예진 디자이너님에게 감사드린다. 함께 했던 강지수 편집자님, 박세린 편집자님께도 감사의 말을 전하고 싶다. 또한 내 손으로 시리즈를 세상에 처음 나오게 해주었던 김경진 편집자님께 감사드린다.

쉽지 않은 작가의 길을 늘 응원해주시는 나의 엄마, 아빠에게도 사랑과 감사를 보낸다.
이번 여행을 함께 한 비로소와 모호연에게도 너무 고맙다. (이들 덕분에 책이 나온 것!)

그리고 누구보다도 지금 이 책을 보고계신 독자님께 깊은 감사를 전한다. 그림 그린지 이제 23년, 독자님들의 응원과 지지가 아니었다면 절대 여기까지 올 수 없었다.

"당신이 이 책을 사주셔서 이다의 길이 또 조금 넓어 졌어요. 다음 책도 당신을 위해 열심히 만들겠습니다. 힘들고 포기하고 싶을 때 늘 당신을 생각할게요. 앞으로도 이다를, 이다의 그림을 지켜봐주세요. 이다는 언제까지나 그림을 그리겠습니다"

내 손으로,  시베리아 횡단열차

초판발행 : 2024. 7. 24
초판 2쇄 : 2024. 08. 08
지은이 : 이다

디자인 : 조예진
보정 : 김태호, Paul Rigaud
편집 : 문혜영, 박세린
마케팅 : 김예진, 박장희, 권순민
스캔 : EPS
인쇄 : 동화인쇄

ISBN :
979 - 11 - 92768
- 23 - 6 (03810)

펴낸이 : 지미정
펴낸곳 : 미술문화
출판등록 : 1994. 3. 30
등록번호 : 제 2014 - 000189호
주소 : 경기도 고양시 일산동구 고양대로 1021번 길 33.
        402호
전화 : 02 - 335 - 2964
팩스 : 031 - 901 - 2965
홈페이지 : www. misulmun. co. kr